ハヤカワ文庫JA

<JA1504>

大日本帝国の銀河 4

林　譲治

JN092173

早川書房

8730

目次

大日本帝国の銀河4

登場人物

秋津俊雄……………………………京都帝国大学教授
武園義徳海軍中佐…………………海軍軍令部第四部特務班
谷恵吉郎海軍造兵中佐……………海軍技術研究所所属
猪狩周一……………………………元禄通商社員
桑原茂一海軍少佐…………………海軍軍令部第三部八課
古田岳史陸軍中佐…………………陸軍省軍務局軍事課
岩畔豪雄陸軍大佐…………………陸軍省軍務局軍事課長
東郷茂徳……………………………在ソ連日本大使館、特命全権大使
熊谷亮一……………………………外務省職員
片桐英吉海軍中将…………………第四艦隊司令長官
ヴィクトル・アンバルツミャン……ソ連、プルコヴォ天文台の学者
鮎川悦子……………………………八路軍の捕虜となった医師
オリオン太郎………………………?????
オリオン花子………………………?????

プロローグ

昭和一五年九月六日・河北省地方某所

鮎川悦子《あゆかわえつこ》は聞きなれない甲高い音で目が覚めた。長い時間ではなく、おそらく三〇秒も続いていなかったはずだ。それほど大きな音でもなかっただろう。しかし、静まり返った野戦病院で不自然な人工音は思った以上に聞き取れるものだ。悦子自身、いまでは山奥の拳銃音さえ聞き逃さない。それが命を左右しかねないともなればなおさらだ。

悦子は、そのまま制服に着替える。あと三〇分で起床時間だ。二度寝をするには目は完全に醒めてしまった。

薄暗い室内で、日記として使っている大学ノートに細かい字で日付と時間と気温を記録する。時間は支給された目覚まし時計でわかる。日本製で、ガラスは割れ、ベルも鳴らなくなったが、時計としての機能は生きていた。起床ラッパとずれることは滅多にない。

そして丸太が剝き出しの三畳間ほどの彼女の部屋には、かなり使い込まれた寒暖計があった。目盛りの一部は掠《かす》れているので、消えた部分は悦子が書き足した。部屋で科学的な計測装置と呼べるのはこれだけだ。

壁の一部に煙突用の穴があり、外の明かりはそこから入ってくる。穴は東側の壁なので朝はそれなりに明るい。ただそれは、ストーブも煙突もないためだ。河北にある八路軍《はちろぐん》の解放区の一つというが、このままここで一冬越すとなると、何とかしなければ命に関わるだろう。

それでも待遇は改善されると悦子は楽観していた。女であろうと医者はここでは貴重な存在だし、さらに彼女は八路軍の将兵に日本語を教えることも期待されていた。むざむざ凍死はさせないはずだ。

悦子は毎日日記を書くが、一日三行以内と決めている。次にノートが手に入るのはいつになるかわからないからだ。なので日記として書くのは「朝、異音で目覚める」とごく短い。

前の野戦病院では、個室はないが居室に電気が通っていた。しかし、ここに移ってからは個室は与えられたものの、電気はない。日記を書けるのは朝だけだ。

「入るぞ」

ノックと共に入ってきたのは四〇歳くらいの女性将校である李依然《リー・イーラン》だった。八路軍は日本軍と違って、役職はあるが階級はなかった。彼女は女性にしては背が高く、格闘技にも長《た》けていると聞いていた。事実、この野戦病院では警備隊長兼軍医将校をしており、立場的には悦子の「上官」にあたる。悦子の立場は曖昧だ。軍人ではないから捕虜ではない。八路軍は悦子を「留用」していると主張していた。技術を有する捕虜を雇うというような意味である。

「起きていたのか？」

ぶっきらぼうな日本語で李依然は尋ねた。李も日本人には思うところがあるらしい。しかし、彼女がぶっきらぼうなのは、八路軍の日本語教育のためだ。

抗日戦で日本語教育を行うためには、学ぶべき将兵の中国語が正しくなければならない。出身地により方言の違いが大きすぎれば、言語教育は効率的に行えないからだ。その負担への不満がぶっきらぼうな日本語として現れるわけだ。

「何か変な音が聞こえたので」

「耳がいいのだな」

「これでも医者ですので」

悦子は無難に答える。

鮎川悦子はこの時代には珍しい日本人女医だった。何かの事情で彼女の両親は満洲に移住した。満洲国の国籍法が頓挫したこともあり、悦子も両親も日本人だ。これは、在満日本人は日本の領事行政権管轄の下に置かれたためだ。しかし、悦子は地元の言葉も日本語も不自由なく話すことができた。

悦子には学びに対する強い渇望があった。しかし、彼女の住んでいる世界では、女性の学びの道は狭かった。満洲医科大学専門部で四年間の教育を受けたのも、医者になりたかったからではない。そこだけは男女共学が許されていたためだ。

本当は満洲医科大学専門部は現地人のための医学教育を行う教育機関であったが、悦子は生まれも育ちも満洲であり、日本の土を踏んだこともなく、国籍はどうであれ主観では満洲人だった。何よりも試験結果がトップとなれば、学校側としても入学させないわけにはいかなかった。

医学部という選択は、結果をいえば悦子にとって正しかった。ただ、最初から医者を志していなかったせいか、他の学生とは違っていた。彼女が一番得意なのは、医療統計であり、これは伝染病が無視できない村落での公衆衛生対策に大きな力を発揮した。

医者になってから中国との国境に近い寒村に開業した。満洲は華北地方との労働力の移動が当たり前に行われている地域のため、悦子が開業した病院も労働者の移動時期には雑多な民族の人々が訪れた。

そうした中で日華事変が起こり、人々の流れも変わる。生活も変わってくる。かつては天気を見るくらいしか空を見上げなかった村人も、いまは軍用機の動きを気にするようになった。爆撃されたことはないが、空を軍用機が飛ぶのは、村の近くで規模の大きな戦闘があるということだ。

じっさい見知らぬ若者が運び込まれ、手術を施すことも増えた。傷の大半は銃傷だった。手の施しようがないこともあったが、適切な処置で助かる命も多い。

あの負傷者が何者で、誰と誰の戦いの犠牲者かは悦子は知らない。大半は私服だが、軍服のこともあれば、背広姿の人間さえいた。それでも患者が何者か、そんなことは尋ねない。それが彼女が公平であるという信頼になっている。おかげで診療所のある村は、何者にも襲撃されることはない。

それでも時代の不穏な空気は、そんな寒村にも押し寄せる。空を円盤のようなものが通過したとか、生首のような球体が浮かんでいたという怪談めいた話をするものさえいた。

それは村人たちの不安な心理の投影だろう。

こうした中で悦子の運命も大きく変わる。日華事変が泥沼化する中で、彼女は診療所の看護婦二名と共に日本陸軍の作戦に協力させられる。野戦病院に雇用される医者という立場だ。

関東軍の軍医として応召《おうしょう》するのではなく、あくまでも傭人という扱いなのは女医であるためと、ほとんど日本人と認識されていなかったことも大きかったようだ。診療所は閉鎖されたが、それに対する補償はなかった。戻れば再開できるからという理屈だ。

陸軍は「野戦病院は後方で安全」と主張していたが、八路軍はその後方と前線を繋ぐ補給線を優先的に攻撃していた。そして野戦病院から前線の衛生隊に移動する車列が襲撃され、悦子は捕虜となり、医者であることがわかると他の捕虜とは切り離され、八路軍に属するさる部隊の政治部医務室勤務を命じられ、あちこちを彼らとともに移動していた。

悦子自身も不思議に思うのは、自分が一度も脱走を考えなかったことだ。開業医として診てきた患者の多くが日本人ではなく現地人であり、逃げても逃げなくても状況は変わらない。

仮に脱走したとしても、解放区を突破して満洲に戻るのは不可能だ。何より満洲に戻れば、八路軍の捕虜になったことを日本軍から咎《とが》められる恐れがあった。捕虜になった人間に対する悪い噂は悦子も耳にしている。結局のところ捕虜になった瞬間に、彼女は自分に戻る場所などないことを覚悟したのだ。

李依然とはその頃からの関係だ。李が悦子に心を開いてくれないのはわかっていた。この状況で二人の間に友情を期待するほど悦子も世間知らずではない。ただ医療職の技能や信念に関しては、互いに相手のことは信頼していた。

ただ李が日本人である悦子を庇うような時も、それは友情ではなく、自分に利用価値があると李が信じているためなのもわかっていた。

「上からの指示があった。鮎川は移動する」

李はあくまでも事務的に説明する。

「野戦病院が移動するんですか？」

いまいる野戦病院は、以前は学校か何かだったらしい。大きな建物なので、収容されているのは八路軍の兵士ばかりではなく、そこそこの人数の日本兵もいる。現在地の正確な場所は悦子もわからないが、最前線からは遠いはずだ。それなのに解放区を捨てて逃げるというのは日本軍が迫っているのか？

八路軍が悦子を野戦病院で働かせる理由の一つは、前線の日本軍から遠ざけ、そこに戻さないためだ。李依然にもそう言われたし、八路軍の一部隊とはいえ、その内情に詳しい人間を日本軍に渡すわけにはいかないというのは子供でもわかる理屈だ。

「ここは安全だ。移動する必要はない。鮎川だけが移動する。先ほど聞こえた音はそのための飛行機だ。コミンテルンが手配したらしい」

「コミンテルン？　ソ連に送られるんですか？」

「そこまでは知らん」

悦子が途方に暮れているさまが愉快なのか、李依然は珍しく上機嫌に見えた。ただコミンテルンの関係者がわざわざこんな野戦病院に現れるとは驚きだった。

悦子も政治に詳しいわけではないが、野戦病院を移動する中で噂も耳にする。八路軍の兵士や将校は、悦子が日本人なので中国語はわからないと思ってか、さまざまな噂話や討論をしていた。

それから察するに中国共産党の主流は毛沢東を中心とするグループだが、コミンテルンから派遣された人間を中心とする勢力も無視できない存在感を持っている。自分たちの部隊は毛沢東派のはずだが、その辺の微妙な力関係は悦子にもわからない。

ともかく李依然に命じられ、わずかばかりの私物を袋に詰めて、外に出る。悦子にしてみれば、大学ノートさえ持ち込めるなら他は失っても構わなかった。

自分の小屋を出て野戦病院の正面に回ると、悦子は驚くべき光景に出くわした。この野戦病院を含む部隊は、李大犍《リー・ターチヤオ》という若い将校が指揮官だった。悦子から見れば雲の上の人で、見かけたことなどほとんどない。その李が、悦子を待っている。彼の周囲には一〇人以上も幹部が並び、鮎川悦子を手招きしていた。明らかに重要人物扱いだ。

「あなたが、あの暗号を解いたのか？」

李大煒より少し離れた場所に、顔のよく似た若い男女がいた。しかし、場の雰囲気は明らかにこの二人が高官であることを示している。質問をしたのは女の方だが、八路軍は階級章さえない軍隊なので、その正体はわからない。

「暗号……あの知能テストみたいな数字列ですか。通信隊から頼まれたので解いてみましたけど。ベイズ推定を使えばそれほど難しくありませんでした。仕事でも使うんです、検査結果の偽陽性、偽陰性から実際の感染状況を推測するときとか」

悦子は相手がそんな返答など期待していないだろうとは思っていた。ただこうした高等数学の話題を出すと、日本人であれ中国人であれ、急に悦子への関心を失うことは経験的に知っていた。どういう思惑かは知らないが、自分は変に政治利用されるよりも最前線でもいいから医者の仕事をさせて欲しかったのだ。

「素晴らしい。あなたは我々と共に働ける人材です」

だが悦子の計算は狂った。女と男は、拍手で悦子を迎える。

「あなたの名前を教えてください」

女は言う。

「鮎川悦子です、あなたは?」

悦子の問いに女は返答した。

「ご紹介が遅れました。私はオリオン李芳《リー・ファン》これはオリオン李四《リー・スー》です」

そしてオリオン李芳が指で天を示した時、悦子は遥か上空に座布団のような四角い飛行機が浮いているのを認めた。

1章　匕首《あいくち》の月曜日

昭和一五年一〇月一日。陸海軍統合参謀本部の第一回会合は陸軍省内の会議室で行われた。第一回は陸軍省、第二回は海軍省と交互に行われることは決まっていた。それでも参謀本部や軍令部が用いられないのは、軍令に対する軍政の優位を形で示す意味があった。

この第一回のメンバーは、まず首相の米内光政《よないみつまさ》、陸相の阿部信行《あべのぶゆき》、海相の及川古志郎《おいかわこしろう》、そして外相の野村吉三郎《のむらきちさぶろう》、内相の児玉秀雄《こだまひでお》、さらに事務方として書記官長の石渡荘太郎《いしわたそうたろう》がいた。

本来ならこの六人で終わるはずであったが、議題の関係で陸軍参謀総長の杉山元《すぎやまはじめ》と軍令部総長の永野修身《ながのおさみ》もやはりオブザーバーとして参加していた。議題の内容を考えるなら、杉山が同席する必要はないのだが、第一回の陸海軍統合参謀本部に海軍軍令部からだけ参加し、陸軍参謀本部が呼ばれないという「不公平」は政治的な均衡を欠くとして、陸海軍軍令機関の代表が共に呼ばれたのだ。

だが、今回の会議には、この八人の他にもう一人の人間が呼ばれていた。ただし彼はオブザーバーではなく証言者としてだった。

＊

片桐英吉《かたぎりえいきち》中将にとっては、何が起きていて、自分は何に巻き込まれているのか理解できない数時間であった。ウルシー環礁から東京までは二五六〇キロあまり。戦艦金剛と接触した見慣れない飛行機は、それをわずか二時間足らずで移動してしまった。

よく考えてみれば、それは駆逐艦卯月を怪力線で解体した、あの飛行機と同じであった。だから片桐は、そうした怪力線の秘密に迫れることを期待していたが、それはあっさり裏切られた。

座布団のような飛行機の内部は殺風景な倉庫であり、窓際に椅子とテーブルが置かれているに過ぎない。テーブルの上には透明なガラス瓶があり、水と書かれていた。それが水筒なのだろう。試しに中の液体を口に含んでみるが、無味無臭の水だった。

いきなり正体不明の液体を口に含むのも無謀に思えるが、片桐を傷つけたいならもっと簡単な方法は幾らでもある。ここで毒物混入などまるで意味がない。

「この飛行機はピルスと言います。現在、東京に向かって飛行中です。陸軍省近くの空き地で片桐司令長官を降ろす予定です」

それは女性の声であった。後に声の持ち主はオリオン花子と名乗った。片桐の質問にはほとんど何も答えず、陸海軍統合参謀本部の会合に出席するようにと繰り返すだけだった。

陸海軍統合参謀本部については、海軍高官の片桐司令長官も概要は知っていたが、どうしてオリオン花子がその存在を知っており、あまつさえメンバーでもない自分が参加するのかがわからなかった。

もっとも、参加した場合に自分が為すべきことはわかっている。第四艦隊の状況と、彼らからみたオリオン集団について報告するのだ。

その一方で、片桐は落ち着いてくると、自身が乗せられたピルスという飛行機の技術に恐怖を覚えていた。眼下に見える海や雲の様子は、明らかにこの飛行機が高度一〇キロ以上の高空を飛行していることを示している。時折みえる航跡や点のような船舶がそれを証明している。

何よりも驚くべきはその速度だ。推定高度と海面の船舶などを指標に速度を計測すると、ピルスは音速を超えている。この高度をこの速度で飛行する航空機など、日本海軍は、否、世界のどこの軍隊も有していない。この高度と速度を達成するものといえば戦艦の砲弾くらいだろう。

これは恐ろしい事実だ。つまりこの飛行機から鉄の塊を落としたとして、それが命中したならば戦艦の装甲でさえも貫通されてしまうのだ。こんな連中相手に勝てる軍隊などあるだろうか？

片桐は、怪力線で駆逐艦卯月が解体されたのもショックだったが、いまはあれさえも手加減された演出のような気がしてならない。ピルスで一トン程度の屑鉄を駆逐艦に衝突させただけで、十分致命傷になる。わざわざ怪力線を使う必要はないのだ。

やがて眼下の景色に陸地が増えてくる。海岸線の形状は彼が知る日本列島の一部だ。どうやら片桐にわからせるように、あえて海岸線に沿って移動しているらしい。

高知沖から紀伊半島沖を通過し、伊豆半島を抜けてから速度を落として神奈川県に入り、そこからは陸上を東京方面に向けて飛ぶ。横須賀鎮守府が本土防衛のために高性能の地上設置型の電波探信儀を用意しているにもかかわらず、下の景色を見る限り迎撃戦闘機が現れる様子もない。

そうしてピルスは麴町公園上空に到達すると急激に高度を落とし、そして床に丸い穴が空いた。

「降りてください」

オリオン花子の声に促されるように片桐は穴から飛び降りる。自分の背丈ほどの高さから転がり落ちた彼は、ピルスが急速度で上昇していくのを見た。自分は着地に失敗し仰向けになっているらしい。

そんな彼を数人の海軍将校が助け起こす。

「片桐司令長官ですか？」

「いかにもそうだが」

「陸海軍統合参謀本部よりお迎えに参りました」

どうやらオリオン花子は、片桐がここに現れることを連絡していたらしい。見渡せば数名の武装した水兵が公園を封鎖していたようで、彼らの他に人影はない。指揮官の海軍大尉らしいのが、数名の警官と押し問答しているのが見えたが、それに構わず片桐は海軍の自動車に乗せられ、陸軍省まで運ばれてきた。

「君らはあの飛行機を見たのか？」

「軍の秘密兵器なので見ないように命じられています。何かが現れた以上のことは小職にはわかりかねます」

片桐と同乗している下士官は、それだけを話す。全長三〇メートルはあろうかという飛行機が公園に着陸して、何も見ていないはずがない。しかし、この下士官も命令に従っているだけであり、そんな相手を困らせるような真似をするのは片桐も本意ではない。

陸軍省に到着すると、一人の陸軍将校が片桐を出迎えた。

「お待ちしておりました。会議が始まるまでこちらでお待ちください」

古田《ふるた》岳史《たけし》と名乗った陸軍中佐は、統合参謀本部の関係者らしい。片桐は古田に促されるまま、小さな待合室に待機させられる。従卒らしいのがお茶と羊羹《ようかん》を片桐の前のテーブルに並べた。

普段ならこういう場合に茶菓に手を出すような人間ではなかったが、片桐はここで自分が空腹であることにやっと気がついた。みっともないとは思いつつも、出された羊羹をすべて食べてしまう。古田はそれでも片桐の行動は当然と思っているのか、何も言わない。

そして従卒の合図で、古田は「お入りください」と片桐を会議室へと案内する。古田は「片桐第四艦隊司令長官をお連れしました」と米内首相に報告すると、自分は部屋の隅の椅子にかけた。

室内にはコの字型に正式メンバーのためのテーブルと椅子が用意されている。中央のテーブルには議長席に米内首相、その右隣に石渡書記官長。正面右側に陸相と海相のテーブルが、左側には内相と外相が就いていた。

事務方を含む六名が固定メンバーであったが、右側のテーブルを延長するようにテーブルが置かれている。これは正規メンバーではないためだろう。米内に近い順に海軍軍令部総長、陸軍参謀総長。末席に片桐の椅子がある。古田の簡単な説明では片桐は報告者ということらしい。

この他には石渡の真後ろに速記者がおり、さらに会議室の出入り口近くに古田と彼の部下らしい下士官が丸椅子にかけていた。会議室にいるのはこの一二人がすべてであった。

米内が会議の開催を宣言しようと口を開きかけた時、ドアをノックするものがあり、下士官がすぐに外に出る。そして茶封筒の束を受け取ると古田に渡した。

「片桐司令長官が持ち帰った写真です」

古田はそう言うと米内から順番に茶封筒を配って回った。そして最後に古田は片桐にも封筒を手渡す。第四艦隊は、ウルシー環礁までの航路で遭遇したオリオン集団の飛行機や潜水艦の姿を幾つも撮影していた。そのフィルムを持参していたことを片桐は失念していた。

「卯月は反撃しなかったのか？」

非難めいた口調を片桐に向けたのは、軍令部総長の永野修身だった。片桐はその言い方にはさすがに腹がたった。

「卯月はむろん反撃した。しかし、まともな対空火器のない駆逐艦でどう戦えというのだ？」

片桐の怒気に永野もそれ以上は何も言わない。そして改めて米内が会議の開催を宣言する。

「第四艦隊司令長官に参加してもらったのは他でもない、艦隊の状況を説明してもらうためだ」

米内首相の言葉に、片桐はここまで抱いていた疑問をぶつけた。

「小職に説明せよというなら幾らでも説明できる。しかし、その前に一つ説明願いたい。そもそも日本政府とオリオン集団はどういう関係なのか？　この会議のために小職が呼ばれたと、そこにいる古田くんから説明は受けた。会議に呼ばれるのはいいとして、そのための移動が、オリオン集団のピルスとかいう飛行機でなされたというのはどういうことなのか？」

米内首相は片桐の憤《いきどお》りの激しさに驚くというより、少しショックを受けているようだった。

「武園《たけぞの》首席参謀は何も説明しなかったのか？」

「何も説明しなかったというのは公平な言い方とは小職は思いません。彼にしても命令には背けない。そうであるなら、作戦遂行に必要な情報はすべて開示していただきたい。断片的な情報を提供されても適切な判断は行えない。

いまさら責任転嫁を行うつもりはないものの、十分な情報が提示されていれば、卯月が沈められるようなことはなかったかもしれんのです」

片桐司令長官は一気にそうした思いを吐き出した。こうした意見が米内の不興を買うかもしれないというようなことは考えなかった。目の前で怪力線により駆逐艦が解体され、音速で飛ぶ飛行機に乗せられるような体験をした身としては、自分の進退さえ日本の運命に比べれば小さな問題に思えるからだ。

「諫言《かんげん》、耳が痛い。司令長官の指摘はもっともであり、この問題は首席参謀ではなく、それを命じたこの米内光政にある。この判断ミスについては首相として司令長官に謝罪させていただく」

片桐が止める間もなく、米内は起立し、そのまま頭を下げた。さすがに片桐も米内首相の態度には驚いたが、それ以上に海相や軍令部総長にとって衝撃であったらしい。そして陸相、参謀総長が当惑している中で、先ほどの古田中佐だけが満足げであった。

「それで片桐中将、オリオン集団と遭遇してからここに帰還するまでのことを、お手数だが説明してくれないか」

軍人たちの反応をよそに石渡書記官長が片桐に説明を促す。片桐は、九月二〇日に突然の第四艦隊の出動命令を受けたこと、二四日に戦艦金剛が電波探信儀で国籍不明機を捕捉したこと、それ以降の潜水艦との接触や、ウルシー環礁直前でのパイラやピルスとの遭遇、駆逐艦卯月とピルスの戦闘について語った。説明を受け、米内首相は自身の見解を示した。

「今までの話で私の受けた印象は、こうした表現が適切かどうかはわからぬが、オリオン集団の戦い方には矛盾があるように思う。

彼らには軍艦を一刀両断できるような武器がある。しかし、彼らによる明確な攻撃は一度だけであり、他は飛行機や潜水艦の圧倒的な性能を見せつけるだけだ。だが客観的に見て、彼らは武器の使い方が下手というか、戦う意思があるようには思えない。

いまここにいる人間の中で、現実にオリオン集団の兵器と戦った経験があるのは第四艦隊長官だけだ。長官はこの点をどう思うかね？　忌憚《きたん》のないところを語っていただきたい」

米内の言葉に、片桐は慎重に言葉を選びながら話すべきことを考える。自分の言葉で国の命運が変わるかもしれないとなれば、不用意な言葉は使えない。

「自分の印象を一言でいうならば、これは海軍でいうところの戦艦と強盗のジレンマであると考えます」

その場にいる海軍軍人や、首相や外相のような元海軍軍人たちは、それで理解できたようだが、陸軍軍人や文官たちにはやはり通じなかった。それを片桐が説明するよりも先に米内が閣僚らに説明する。

「戦艦と強盗のジレンマとはこういうことだ。世界最強の戦艦があったとする。その主砲は地上のあらゆる要塞を粉砕できるだけの火力がある。

ところがその戦艦に刃物を持った強盗が乗り込んできたらどうなるか。戦艦の主砲は自分に弾を当てることはできない。世界最強の戦艦も艦内に適切な武器がなかったなら、刃物を持った強盗に乗っ取られかねないのだ」

「言い換えるなら、オリオン集団は強大な武器しかないために、人間相手に全面戦争ができないということか。彼らの武器では、強力すぎて東京やワシントンを攻撃すれば焼け野原になってしまう。無傷で手に入れるための適当な武器がない」

そう言ったのは元海軍軍人の野村外相であった。ただそれに杉山参謀総長が異を唱えた。米内は不規則発言である旨の指摘はしつつも、発言は認めた。

「オリオン集団がどんな連中であれ、人間に酷似している。ならば人間のような動物だろう。そうであるならば東京やワシントン、モスクワを占領しようとするなら、最終的に歩兵が土地を確保しなければならぬ。これは人間のすべての戦争で言えることだ。

火力が強力すぎるから戦闘を避けているという結論は必ずしも妥当ではない」

「参謀総長は、オリオン集団が戦闘を回避しているように見える原因は別にあると言うのか？」

米内の質問に杉山はうなずく。

「実に単純な話である。オリオン集団は地球を占領できるだけの兵士が足りないのだ。地球の総人口は二三億人と聞く。成人男子が四分の一として約五億人。工業を維持するのに半分が必要とすれば、二億五〇〇〇万、つまり地球の総人口のおよそ一割が兵役に就ける。攻城の原理がオリオン集団相手でも成り立つなら、彼らは地球兵力の三倍、七億五〇〇〇万の兵力を投入せねば地球を占領できない。

しかし、それだけの兵力がないならば、正面からの戦闘は諦めねばならぬ。むろんオリオン集団に高度な兵器技術があり、それが一〇人分の働きをしたとしても、なお七五〇〇万人の兵力が必要だ」

杉山の仮説は、片桐には非常に斬新な視点に思えた。ただ単純に兵力量の問題とするのはやはり納得できないものがあった。

たとえば二十数年前に世界中でスペイン風邪が流行し、数千万人が命を失った。高度な技術を持つオリオン集団なら、感染症や毒ガスで地球人の数を減らしてから占領するという方法も考えられるからだ。

兵力量とは相対的なものなのだから、地球人が過剰なら、その数を減らそうと考えるのが自然だろう。しかし、全世界を巻き込む伝染病は報告されておらず、毒ガスさえ大規模に使われたという話は聞かない。

「兵力量の問題だとすれば、オリオン集団の行動には疑問がある」

そう発言したのは野村外相だった。

「兵力量が足らずとも、小銃や機関銃くらいは量産できよう。本邦を含め、列強の植民地には民族主義者や独立を目的とした集団は幾つもある。オリオン集団がそうした民族主義を利用したら、世界秩序を維持している列強諸国は一夜にして、オリオン集団の戦力支援を受けた民族主義者に膝を屈することになる。

そうした植民地解放を利用すれば、オリオン集団の兵力量不足は問題ではないわけだ。

しかし、現実に世界はそんなことにはなっていない。たとえば仏印がそうだ。宗主国フランスはドイツの占領下にある。仏印植民地が独立するのにこれほどの好機はない。にもかかわらずオリオン集団は植民地へのアプローチはしていない。少なくとも知られている範囲でそうした動きは認められない」

片桐は、杉山よりも野村の意見の方が理に適《かな》っていると思った。世界全体で考えたなら、地球の人口は先進国より植民地もしくは準植民地の方が多い。オリオン集団が民族主義を利用すれば、世界秩序は容易に崩れるだろう。

そもそもナチスドイツが国民の支持を受けた理由の幾ばくかは、植民地を持たないドイツが新しい国際秩序を武力で構築しようとしたためではなかったか？　もちろんドイツは植民地ではないのだが、ナショナリズムが民族の力を結集したときに何が起こるのかを考える上で一つの事例となるだろう。

オリオン集団の人類に対する理解度は不明ではあるが、片桐の知る範囲で、欧米列強や日本の植民地については理解していると思われる。しかし、彼らがそうした植民地世界の民族主義者と接触したという報告はない。ならば植民地を利用した世界秩序の再構築のようなことは、彼らは考えていないのだろう。

「第四艦隊司令長官は、現在の状況を打破するために、何が必要と考えるか？」

米内の質問は片桐には意外だった。それを判断するのが強力内閣の首班ではないのか？

「何が必要かと問われるなら、オリオン集団との交渉が必要と返答するよりない。しかし、オリオン集団はいまのところ第四艦隊に対して本格的な攻撃を仕掛けてきてはいない。しかし、生殺与奪の権を彼らが握っているのも間違いないところだ。

艦隊将兵の安全を確保するためには、政府が責任をもってオリオン集団と交渉する必要があるものと信じる。

もちろん第四艦隊が自力で血路を開くという選択肢もなくはない。だがそれは多大な損失を艦隊に被《こうむ》らせることになるだろう。国のために戦地に飛び込むのが海軍軍人であるとはいえ、オリオン集団との戦闘が国益に沿うものとは到底思えん。そんなことのために艦隊司令長官として、将兵に犠牲を強いるつもりはない」

片桐司令長官はその場の全員に聞こえるように、はっきりとそう述べた。

「当然の意見であるな」

米内は片桐の態度に好印象を持ったようだった。

「このような状況であるなら、大使館開設は認めることとするも、我々の条件としては第四艦隊の帰還、および駆逐艦卯月の賠償、および死傷した乗員への補償請求はあって然るべきだろう」

どうやら米内は片桐の話を聞く前から、第四艦隊の帰還を大使館開設の条件とする交渉を考えていたらしい。それでも片桐を日本に帰還させたのは、オリオン集団がこの問題に対してどれほど真剣かを確認する意味があったのではないか。片桐はそんな印象を受けた。

「仮に大使館が開設されたとして……」

野村外相がそう発言しかけた時、ドアをノックする者がいた。再び古田が外のものと応対する。「なにっ」古田がそう呟くのが片桐には聞こえた。そして彼は何かメモのようなものを手に持って、米内総理に手渡す。米内は隣の石渡書記官長に何か告げる。

「片桐司令長官、ありがとうございました。本日の宿舎を用意しております。本日はそちらでお休みください」

石渡書記官長がそう片桐に告げると、古田が歩み寄り、彼を会議室の外に促した。

さすがに何か変事があったことくらいは片桐も察しがついた。だから陸海軍統合参謀本部の中では自分への対応を論難することはしなかった。それでも多少の説明があって然るべきではないか。彼はそう憤る。

その憤りがわかったのだろう。古田は周囲に人がいないことを確認すると、片桐に釈明する。

「突然のことにお怒りかと存じます。申し訳ございません」

「君が謝ることではない。ただ説明があって然るべきということだ」

すると古田は、片桐に告げる。

「他言無用に願います。ヒトラーが暗殺されました」

＊

一九四〇年九月二九日。アドルフ・ヒトラーはＪｕ５２に乗り、ミュンヘンを目指していた。親衛隊のフリードリヒ・ヘンニンク大尉もまた、同じ飛行機に乗っている。親衛隊全国指導者であるハインリヒ・ヒムラーより直々《じきじき》に護衛の命令を受けたのだ。

Ｊｕ５２は、ヒトラーの乗機の他に随行員を乗せた二機が飛んでいる。ヒトラーほどの人物となれば、ドイツ国内外の案件を処理するために、随行員も多くなる。しかし一説には、何者かが襲撃を仕掛けてきた場合に、どの飛行機にヒトラーが乗っているかをわからなくするためとも言われていた。

ただヘンニンク大尉はそれは単なる噂にすぎないと思っていた。なぜならば囮《おとり》とされる飛行機の一機にはドイツ国防軍の参謀総長フランツ・ハルダー上級大将が、残り一機にはヘルマン・ゲーリング空軍総司令官が乗っていたからだ。

つまりヒトラー座乗機はもちろん、他の二機にしても、何かあればドイツ軍に深刻なダメージを与えかねないのだ。囮にしてよい飛行機などない。それに言うまでもなく、三機のＪｕ５２の周辺には九機の戦闘機が護衛に当たっていた。

それでもゴシップというのは飛び交うもので、政軍のトップが同じ飛行機ではなく三機に分かれているのは、危険分散のためだけではなく、ヒトラーとハルダー上級大将との間に何らかの軋轢《あつれき》があるためとも言われていた。

しかし、親衛隊の優秀な将校であるヘンニンク大尉は、そんな噂など歯牙《しが》にも掛けない。イギリスを降《くだ》し、ヨーロッパの盟主になるのも時間の問題であるヒトラー総統と軍の最高指揮官との間に、軋轢などあるはずがないではないか。

そんなことを考えているとブザーが短く鳴る。ヘンニンク大尉とともに待機していた給仕はすかさずコンパートメントのドアをノックし、コーヒーを運び入れる。

同じＪｕ５２でも、総統専用機ともなると専用のコンパートメントが用意されていた。客室の前部分がヒトラーの個室で、随行員らはその後部席で待機する。通常はコンパートメントに側近の一人か二人が同席するが、今回ばかりはヒトラー一人しかいない。

ヒムラーがヘンニンク大尉に仄《ほの》めかしたのは、「いよいよ東に目を向けねばならん」という一言だった。それがドイツ軍によるソ連侵攻を意味するのは彼にはすぐにわかった。ハルダーやゲーリングが同行するのも、そうした話を裏付ける。とはいえ、総統が何を考えているのかは一介の親衛隊大尉でしかない自分にはわからない。ヒトラー総統の天才的な戦略眼などないからだ。

それでも親衛隊の一員として、彼も総統が何を考えているかを自分なりに想像していた。鍵はミュンヘンだ。ドイツ軍のポーランド侵攻前、ヒトラー総統は外交手腕だけでミュンヘン会議を成功させ、チェコスロバキアという国家は最終的に消滅した。

今の国際問題は、バルカン半島をめぐるソ連との勢力圏の係争だが、ヒトラー総統は、精強なるドイツ軍の存在を誇示しつつ、ミュンヘンでの演説でスターリンに政治的譲歩を迫るのではないか。ヘンニンク大尉はそう睨んでいた。

根拠は二つある。一つはソ連軍は質においてドイツ軍に到底及ばないためだ。フィンランドのような小国との戦争でさえ、勝つには勝ったものの、多大な損害を被っている。強力なる陸軍国であるフランスを電撃戦で降した我が軍とは雲泥の差だ。

そして二つ目の根拠は、今夜の演説がミュンヘンのビアホール「ビュルガーブロイケラー」で行われるという事実だ。

ビュルガーブロイケラーはナチス党の結党時から党員に使われていたビアホールだが、ヒトラー総統は毎年一一月八日にここで演説をすることになっていた。その日は一九二三年のミュンヘン一揆の日であるからだ。

昨年もやはり総統はここで演説を行ったが、彼が引き揚げたタイミングで、ビアホールで爆弾が破裂したのだ。いわゆるビュルガーブロイケラー事件である。この爆発で古参の党員八名が死亡したほか、重軽傷者は六〇人あまりを数えたという。

しかし、ヒトラー総統は無傷であった。ヘンニンク大尉ならずとも、この事件でヒトラー総統が超常的な何かに守られていると感じるのは自然なことだろう。

爆破事件の犯人はゲオルク・エルザーという工員であり、組織的な背景はなかった。彼は一月の間、ビアホールに通い、毎日、店の柱に穴を開け、職場からくすねた火薬を仕込んでいたという。尋問にあたったゲシュタポの前で、エルザーは事件現場で回収されたものとまったく同じ起爆装置を組み立てた。彼の犯行であることには疑いがない。

今日は九月二九日であるが、それは問題ではない。ヒトラー総統が不死身であることを証明したこのビアホールで、誰がヨーロッパの支配者かを叩きつける演説を行うことは、スターリンへの強烈なメッセージとなるだろう。

もちろんこれはヘンニンク個人の考えだが、この推測はそれほど外れていないと思っていた。

そうしている間にもJu52は無事にミュンヘンの飛行場に到着する。すでに親衛隊のハインリヒ・ヒムラー長官も先にミュンヘン入りしており、ヒトラー総統らを飛行場に出迎える。総統やナチス党幹部並びに軍高官を迎えるために、自動車が待機していた。ヒトラー総統の専用車は防弾ガラスも施されたダイムラー・ベンツの六輪乗用車であったが、ヘンニンク大尉は護衛の兵士を乗せたオペルのトラックだった。さすがに大尉なので、荷台ではなく助手席だったが。

ビュルガーブロイケラー事件の時と比べると、ビアホールの警戒は目立たないながらも厳重に行われる。集まる党員たちも、身体検査を受けないと店内に入れないことにさすがに文句を言わなかった。

ビアホールそのものも、爆破事件から復旧がなされていた。なにしろヒトラー総統の奇跡の現場であり、聖地である。周辺は取り壊され、ビュルガーブロイケラーを囲う公園のような場所に作り替えられようとしていた。

工事自体は最近行われたらしい。戦時下ということもあり工事はまだ続いており、周辺にはなぜか大人が入れるほどの頑強な木箱が並べられている。ヒトラー総統の演説は急遽決まったために、ミュンヘンのナチス党の地区担当者は大慌てで受け入れ準備や党員の動員を行っていたのか、周囲は慌ただしかった。

幸いなことにヒトラー総統たちは先にミュンヘン市の代表らとの会議があり、そちらに向かっている。演説会の準備はその間に行わねばならず、親衛隊の人間であるヘンニンク大尉も、警備担当者との打ち合わせを済まさねばならなかった。

ビアホール周辺を確認していると、動員された党員と作業着を着た職人らしい数人が揉めている現場に遭遇した。職人らは公園の造成を行っていたが、党員たちが立ち去れと言ったのが揉めている理由らしい。

「クラウス！　君も来ていたのか！」

ヘンニンク大尉は職人の頭らしい男に声をかけた。男は、親衛隊大尉の軍服に恐怖を一瞬浮かべたが、それが従兄弟とわかると破顔した。

「フリードリヒ・ヘンニンク！　いやぁ、久しぶりだな！」

クラウス・ポンペは泥だらけの作業着のまま、ヘンニンクを抱擁する。親衛隊大尉が職人頭の親戚とわかると、党員たちは急に大人しくなった。

「クラウス、何があったんだ？」

そう言いながらヘンニンク大尉は軍服の汚れを気にしつつ、クラウスから離れた。

「このわからずやどもが、俺たちに一方的に帰れってんだ。帰らないとは言ってない、引き上げるのにも段取りがあるというのがこいつらにはわからねぇ。真っ当に稼いだことがない連中に職人の仕事の何がわかる」

クラウスはヘンニンクではなく、動員された党員たちに向かって啖呵《たんか》を切る。クラウスは母方の従兄弟だが、正直、交流はそれほどない。彼がベルリン在住で、クラウスがミュンヘン在住ということもある。

だがそれ以上に、クラウスが自分と違ってナチス党に批判的なことも理由だった。彼は造園職人の頭をしているが、ギムナジウムで教育を受けたインテリだった。本来ならそのまま大学に進むはずだった。

ポンペ家に何があったのか、ヘンニンクも詳しいことは知らない。ただ父親が職を失い、クラウスは進学を諦めて働かねばならなくなったということだ。そして彼はナチスへの反感を持つようになった。

じっさいヘンニンクが親衛隊に入ってからは、クラウスは明らかに彼との交友を断つようになっていた。だからヘンニンクにとっては、クラウスがここにいることよりも、昔のように抱擁を交わしてきたことのほうが驚きだった。

騒いでいた党員たちは、親衛隊大尉が現れたことでどこかに行ってしまった。

「何をしていたんだ？」

ヘンニンクの質問にクラウスは答える。

「造園作業が総統の目障りになるから、目に見えないところに移動しろって言われてたんだ」

頑丈そうな木箱が並んでいるのは、造園の道具類をそこに入れて隠せということらしい。クラウスが箱の蓋を開けると、バスタブほどもあるブリキの箱で内側は覆われていた。そのブリキ箱の中には造園用の肥料の袋が詰まっている。

「硝酸アンモニウム系の肥料なんだ。水溶性だからな、こうやってブリキの内張で水が入らないようにしてる」

「その袋のシミは油汚れか？」

ヘンニンクの指摘にクラウスは一瞬驚いたようだが、すぐに平静さを取り戻す。

「水溶性だから、袋も油を染み込ませて水を弾《はじ》くようにしてる。肥料も火薬も製造過程の途中までは同じだが、戦争で火薬が優先されているからな。肥料は貴重なんだよ。それなのにさっきの馬鹿どもは、何でもかんでも箱に押し込んで俺たちを帰そうとするんだ。党員以外はさっさと立ち去れってな」

自分が推薦状を書けば、党員になるのは難しくないし、それは当人に話したことはある。だがクラウスはそのチャンスを生かさない。積極的な反抗こそしないものの、ナチス政権へ前向きな協力をするつもりもないようだ。

クラウスとその部下たちは、自分たちのやり方で道具や肥料を仕舞うと、自分たちは親衛隊のバックがあると言いたげに、ことさら目立つようにヘンニンク大尉に挨拶していった。

「君は集会に参加するのか？」

別れ際にクラウスが尋ねる。

「参加したいところだが、警備任務がある。ビアホールの入口周辺は親衛隊で固めなければな」

「歴史の現場には立ち会えないわけか、まぁ、それも運命だな」

「俺の伝《つて》で、集会に参加できるようにしてやれるが？」

親ナチスをアピールするチャンスをヘンニンクが与えていることを、クラウスはわかっていた。だが彼は手を振るだけで、何も言わずに職人たちと歩いて帰ってゆく。ガソリンの優先的な配布を受けるコネがないのだろう。

クラウスのように公園の造成に関わる人間たちを追い出すと、親衛隊やナチス党の地区担当者らの喧騒もより激しくなる。演説は夜の八時半から開始となる。それまでに残された時間はあとわずかだ。

予測すべきことであったが、ビアホールにはラジオ放送のマイクが用意され、ヒトラー総統の演説はドイツはもとより、西はフランス、東はポーランドまで放送される。それらがイギリスとソ連に向けたメッセージとなることは子供にでもわかる。

ビアホールの前には放送設備を積み込んだトラックと、それに電力を供給する発電車が停まっていた。

屋根の上には支柱が建てられ、周辺の更地に向けてアンテナ線が展開されていた。造園業者が追い出されたのは、通信設備の工事のためらしい。ラジオ中継も陸軍通信隊が行うようで、将兵がテキパキと動いている。末端の兵士たちには通常の訓練と変わらないのかもしれない。

普通ならミュンヘンのラジオ局が準備をするのだろうが、今日の演説会そのものが急に決まったものなので、通信隊を投入したのだろう。誰の発案かは知らないが、ビアホールの屋根の上にも仮設のスピーカーが設置され、ヘンニンク大尉らのように外で警備に当たっている人間にも、総統の演説が聞こえるように配慮された。

ビアホールには許可された人間しか近づけなかったが、親衛隊が設置した阻止線の外には、スピーカーの演説を聴こうと多くの市民が集まり、ビアホールはサーチライトで照らされ、壁一面に描かれた巨大な鉤十字が浮かび上がっていた。不測の事態を警戒してか、ヒトラー総統は演説開始の五分前に悠然と現れた。

「……では、モスクワからはいかなる返答が届いただろうか？　彼らは言う、ドイツ軍は一九三九年の独ソ協定でソビエトの勢力圏に属している、フィンランドから即時引き上げる！　そうだろう、フィンランドのような小国に数倍の兵力を送り込んでも勝利を摑めなかったソ連軍にとってみれば、精強なるフランス軍を降した我がドイツ軍は悪夢でしかない！

むろん私はヨーロッパの平和を願っている。しかしながら、それはモスクワからの不当なる要求を鎧袖一触《がいしゅういっしょく》で叩き潰す拳を使わないことを意味しない！　言うまでもなく、モスクワの責任ある人間はそうした愚かな選択をしないものと私は信じている!」

スピーカーを介さずとも、ビアホールの喧騒は建物の外からもわかった。そして午後九時を過ぎた時、ビアホール周辺が大音響に包まれた。

ヘンニンク大尉が気がついた時には、周囲は暗かった。それでも漆黒の闇ではなく、所々に篝火《かがりび》が見える。自分は自動車に叩きつけられていた。ラジオ放送のための発電車の車体に爆風で吹き飛ばされたのだ。爆風の直撃を受けなかったのは、放送設備のトラックが盾になったためだろう。

「何が起きた」

右足をどうにかしたのか、そのままでは立ち上がれなかったが、発電車の車体にしがみついて立ち上がる。激痛が右足に走ったが、ヘンニンク大尉はそれ以上のショックを受けていた。

「ビュルガーブロイケラーがない!」

再建されたビアホールは消えていた。それがあったはずの場所には、多数の瓦礫《がれき》が堆積していた。何かが爆発し、ビアホールごと吹き飛ばされ、一部で起きている火災が篝火の正体だ。

ヘンニンクは、爆発前の光景を思い出す。おそらくビアホールの裏手の壁が爆破され、それにより屋根ごと建物が落下して、店は完全に崩壊したのだろう。残骸の上には、ねじ曲がった鉄塔があった。通信隊が屋根に立てた送信アンテナだ。

ヘンニンクはそこで重大なことに気がついた。奇跡の人、ヒトラー総統といえどもこの瓦礫の中で生きてはいまい。そして演説がラジオ中継されていたということは、ヨーロッパ全体が爆発の瞬間を知ったのだ。

そこで再びヘンニンク大尉は意識を失った。

彼が意識を取り戻したのは、病院のベッドの上だった。右足は動かなかったが、石膏でギプスを当てられているからとわかった。

病室は大部屋であった。自分以外にも七人の負傷者がいる。親衛隊の大尉なら、普通は個室をあてがわれてもいいはずだが、どうやら怪我人が多いために、そんな贅沢は言っていられないらしい。

麻酔のせいか記憶は曖昧だが、医者や看護婦が回診に来てくれたような印象はある。彼はそこで眠りに落ち、再び目覚めたのは何者かに起こされた時だった。

彼を起こしたのはスーツ姿の三人だったが、その立居振る舞いから、ヘンニンクは彼らがゲシュタポだと直感した。その勘は当たっていた。

「フリードリヒ・ヘンニンク大尉ですね？」

「親衛隊のヘンニンク大尉だ」

彼はゲシュタポを恐れてはいなかったし、自分を訪ねてくるのは当然とも思っていた。ビアホールで起きたのは間違いなくテロ行為であり、標的はヒトラー総統以外に考えられない。そうであるなら、ゲシュタポが犯人捜査のために警備担当のヘンニンクに話を訊くというのは当然のことだろう。

だがゲシュタポが行ったのは、事情聴取ではなかった。

「フリードリヒ・ヘンニンク、ヒトラー総統暗殺容疑で逮捕する」

ボスらしい男が命じると、二人のゲシュタポは左右からヘンニンクを抱え上げ、外に運び出そうとする。抵抗しようとした彼だが、それもボスが銃口を向けるまでだった。

「どういうことだ、お前は私が誰かわかっているのか？」

「わかっているから逮捕するのだ、これは総統命令だ！」

その言葉に、ヘンニンクは身体中が温かくなる感じがした。あの惨劇の中でも、ヒトラー総統は生きていた。奇跡が再び起きたのだ。やはりあの人は選ばれた存在だったのだ！

「ヒトラー総統は生きていたのか！」

それを聞くとゲシュタポの三人は、蔑《さげす》むような表情をヘンニンクに向ける。

「ルドルフ・ヘス総統代行の命令だ。言っただろう、貴様は暗殺容疑で逮捕されると」

ヘンニンクが状況を飲み込めないことに業を煮やしたのか、ボスは言う。

「ビアホールは大量の爆薬により、完全に破壊された。我々は内部を徹底して調査し、爆弾がないことは確認していた。だが裏切り者は建物の外に大量の爆薬を用意し、外からの爆風で壁を砕き建物を崩壊させた。

我々の化学者は、その爆薬が硝酸アンモニウム系の肥料を材料としたものと分析した」

ヘンニンクがその話に顔色を変えたのを確認すると、ボスは満足げに説明を続ける。

「爆薬の中には、肥料に鉱物油を混ぜて作るものもあるという。造園業者が大量の肥料をビアホールの建物周辺に集めていた。造園業者の名前はクラウス・ポンペ」

「私は、そんな犯罪とは無関係だ！」

「クラウスが、ビアホール周辺の木箱に大量の肥料を仕舞い込んでいることは大勢が目撃している。そして貴様がそれを確認しているところもな」

「それは誤解だ！　私はクラウスのことなど何も知らない！」

だが、そんな抗議はボスには届かない。

「そうかい。それはおかしいな。貴様らは親戚だろう。我々の前でクラウスは、お前が首謀者だと自白したぞ。

考えてもみろ、その辺の造園業者が総統暗殺などという犯罪を考えるか？　親衛隊の将校が黒幕と考えるのが普通じゃないか。クラウスはそう言ってるし、私もそれを信じるね。何より貴様には総統の動きを詳細に知ることができたからな」

「何かの間違いだ！」

「あぁ、暗殺の首謀者になるなど、大間違いだな」

こうしてヘンニンク大尉はゲシュタポに連行された。

＊

一九四〇年九月二九日のビュルガーブロイケラーで起きたヒトラー暗殺事件は、首謀者の名前からドイツ国内ではクラウス・ポンペ事件と呼ばれることになる。

これは事件から二時間後には国外脱出を図ろうとしたクラウス・ポンペがミュンヘン駅で逮捕され、この時点で当局がクラウスの単独犯行と発表したためだ。

単独犯行説は間違いではあったのだが、前年のビュルガーブロイケラー事件が単独犯であったことが、ミュンヘン警察に先入観を抱かせた。それにいまのドイツにヒトラー暗殺を計画するような組織があるとは信じられなかったこともある。

ただ警察当局の初動の不手際も隠蔽工作と解釈されることが多く、海外では事件に関する陰謀論にも根強いものがあり、七首の月曜日事件と呼ばれることが多かった。これにはイギリスやソ連が積極的なプロパガンダを行い、ドイツ国内を動揺させる意図も指摘されている。

数日後には社員数名のクラウスの造園会社が、ヒトラー暗殺グループであることがわかったが、いまさら最初の発表を覆《くつがえ》せなかった。話を複雑にしたのは、親衛隊のヘンニンク大尉が関係していることだった。

ヒトラーの警護に当たっていた親衛隊の大尉が実行犯のクラウスに指示を与えていたとなれば、暗殺事件には親衛隊も深く関わっていた可能性も出てくる。ナチス党幹部たちも、この大事件の最中に親衛隊と事を構えたくないのと、クラウスがヘンニンク以外の隊員とは関わっていないことから、親衛隊との関係は不問とされた。

実際問題として、暗殺事件の影響は深刻かつ甚大だった。まずナチス党に関しては、ヒトラー総統が瓦礫の下敷きになり亡くなっただけではない。ヘルマン・ゲーリングとハインリヒ・ヒムラーもまた事件の巻き添えとなって死亡した。さらに陸軍のハルダー上級大将とその幕僚多数も巻き込まれた。

つまりドイツは政府の要人と陸軍・空軍の中枢を失ったも同然だった。一つの幸運は、国防軍最高司令部（ＯＫＷ）の幹部たちが席の関係で瓦礫の下敷きになることもなく、ほぼ無傷であったことだ。

またヒトラー総統の演説の次に出番を待っていたルドルフ・ヘス副総統も、演説の準備で場所を移動していたために、奇跡的に難を逃れていた。クラウスの証言では建物の特定の壁を破壊して、ビアホール全体を潰すことを計画していたという。だが爆薬の威力を過大に評価したために、破壊が完全ではなく、即死した人たちと無傷な人たちが生まれる結果を招いたらしい。

生き残った幹部たちが真っ先に行ったのは、権力の空白を作らないことだった。現在は戦争中であり、全軍は総統の命令で動く以上、その不在を放置するのは極めて危険である。

このためヒトラー死亡が確認されると、まずルドルフ・ヘスが総統代行に就任し、政治的な空白を埋めた。さらには国防軍最高司令部総長のヴィルヘルム・カイテル元帥が、国防軍情報部部長のヴィルヘルム・フランツ・カナリス大将の意見により、ドイツ本土と占領地に戒厳令を布告し、暗殺計画の犯人捜査を当局に命じた。

さらにハルダー上級大将の死去に伴い、ドイツ陸軍総司令部（ＯＫＨ）は国防軍最高司令部（ＯＫＷ）に吸収され、当面はカイテル元帥が両方のトップを兼任することとなった。

こうして九月三〇日のうちにヘス総統代行に率いられる第二期ドイツ第三帝国が発足する。

ドイツ軍は活動中のUボートを除いて、空陸両軍の攻勢を中断し、国境での守りを固めることとなった。

同時にソ連国境に集結していた陸軍部隊は、一部を残してドイツ国内に戻された。ヒトラー暗殺に伴う国内の動揺を抑えるためである。ナチス党幹部は軍部の反乱の可能性を恐れていたのである。

ヒトラー暗殺の報道は二四時間以内に世界中を駆け巡ったが、しかし、諸外国は少なくとも表面上は平静を維持していた。そして世界は一〇月を迎える。

2章　一〇月事件

「どうも計算が合わないな」

レニングラード郊外のプルコヴォ天文台にて、秋津《あきつ》俊雄《としお》教授は、数十台の演算機クラスターがテレタイプに打ち出した結果に首を捻っていた。

「何が計算が合わないんですか？」

ともに演算機のプログラム作成に携《たずさ》わるヴィクトル・アンバルツミャン教授は、秋津が手にするテレタイプの紙片を覗き込む。

「計算は合っています、しかも高い精度で」

秋津は英語にロシア語が交ざった言葉で、返答する。普通ならこれでは会話は成立しないところだが、二人とも科学者であり、専門用語に関する単語の混在は互いに理解が成立していた。

何よりも二人の議論の中心が演算機であり、実物が目の前にあることで、言葉が通じなくとも実際に動かし、相互理解を構築することはできた。

「精度の高い計算結果が出ることに問題でも？」

ヴィクトルは秋津が問題にしていることが何であるのかわからないらしい。それは当然だと秋津も思う。彼自身、演算機の結果をどう解釈していいのかわからなかったからだ。

「演算機の能力を確認するためのプログラムを走らせてみました。級数展開とか数値積分を行わせ、一定の時間でどこまで計算できるのか。演算機単体の能力はわかっています。日本のものもソ連のものも、そうした演算機単体を連結させて能力を向上させる構造なのはご存じでしょう。

プルコヴォ天文台にある演算機の総数はわかっているから、能力の上限はそこから割り出せる。あくまで理論値ですけどね。ところが計算結果は、理論値以上の精度を叩き出した。

演算精度は、概算で演算機の数に比例します。それでいえば、この計算結果はプルコヴォ天文台にある演算機の、四倍から五倍の数を結集しているはずなんですよ」

それに対してヴィクトルは手を振りまわし、激しく反応した。

「そんな馬鹿なことはない！　天文台にある演算機は目の前のこれだけです。これだけでもソ連全体の九割になるんです！　四倍から五倍などというなら、地球上にあるすべての演算機を合計しても足りるかどうか」

秋津はそれを聞くと、あることに思い至る。この演算機を所有しているとわかっている国はソ連と日本だが、果たしてそれだけか？　オリオン集団との接触がなされている列強といえば、ドイツがそうだ。

仮にドイツにも演算機があるとしたら、日独ソの演算機をすべて集結すれば、目の前の演算機の四、五倍程度になっても不思議はない。谷恵吉郎《たにけいきちろう》造兵中佐は、資料を読む限り軍艦への搭載も考えていた。だから日本に存在する演算機の総数はソ連以上になるだろう。

さらに戦争を行っているドイツにしても、演算機が必要とされる局面は少なくない。そうしたことを考えるなら、地球上にあるすべての演算機を集結できるなら、この計算精度は可能だろう。

だが、言うまでもなく、ここには大きな問題がある。地球にある演算機の数の帳尻が合っているとしても、それらは世界各地に散っている。決して一つの演算機とはなっていない。にもかかわらず計算精度は、地球にある演算機が一体化していることを示している。

「あるいは演算機には自前の無線機が内蔵されていて、それらが勝手に通信回線を開いているのか？」

秋津はそんなことまで考えた。しかし、ヴィクトルはその可能性を否定する。モスクワからの指令で、天文台は電波遮蔽がなされているという。モロトフの管理を離れて、天文台が勝手にオリオン集団との交信を行うことを恐れてのことらしい。この研究室も電波の送信も受信もできないようになっている。

「一番の可能性は、秋津さんのプログラムが間違っていることだと思いますが……」

そういうヴィクトルも、自分の仮説を信じてはいないのが秋津にはわかった。プログラム自体はヴィクトルも読んでいるし、一部については彼の意見をいれて効率化しているからだ。

「あるいは演算機自体が、自分の真の能力を偽っているかだな」

＊

プルコヴォ天文台に移動した秋津俊雄教授が、ヴィクトル・アンバルツミャン教授とともに演算機を操作する日々を送っているなかで、ＩＡＵ（International Astronomical Union：国際天文学連合）の臨時総会については天文台長のアレキサンドル・ドイチェ博士と外務省の熊谷亮一《くまがいりょういち》がその準備に当たっていた。

この問題でソ連側の統括は、ヴャチェスラフ・ミハイロヴィチ・モロトフ外務人民委員であるようだった。本来ならソ連外務省だけでことを進めるはずなのに、日本人を最初から加えるというのは、モロトフの意図なのか、ソ連に現れたオリオン集団の代表であるオリオン・マリヤの指示なのかは熊谷にもわからない。

もちろんIAU関連の準備は熊谷たちだけが行っていたわけではなく、秋津とヴィクトルも関連する会議の人選面で彼に協力していた。

九月はそうやって過ぎて行った。外務省職員の熊谷亮一はそれほど不審を抱かなかったし、天文台長のアレキサンドル博士も同様だったが、秋津やヴィクトルたちはIAU総会の準備や国際的な科学者団体の組織化が遅いと感じているようだった。

秋津の経験を考えれば当然かもしれないが、彼は世界中にピルスを飛ばして、名の通った科学者を集めればいいと考えている節があった。

しかし、現実問題として、それは不可能だ。オリオン集団の存在も知らない相手のところにピルスで押しかけ拉致するなど犯罪である。

さらに国際機関としての活動を考えるなら、各国政府にオリオン集団のことを理解させ、その上で合法的なルールを作成しなければならない。言い換えるなら、秋津のように国家機関の仕事の進め方に無頓着な人間は例外的な存在なのだ。

この点ではむしろオリオン・マリヤの方が話が通じた。彼女はまず日独仏ソ四国の国際協調の枠組みを作り、それが他国に働きかけることで、次の段階に進むことを提案していた。

こうした過程で、熊谷は二つのことがわかった気がした。一つはフランスがドイツに占領されていることを考えれば、日独仏ソとは日独ソであり、オリオン集団が接触を持っているのはこの三カ国だけなのだろう。それはここまで得てきた情報と符合する。

もう一つは、オリオン集団がアメリカには何一つアプローチを行っていないことの意味だ。日独ソがオリオン集団との接触で国力を飛躍的に発展させた場合、それに対してもっとも脅威を抱くのはアメリカだ。

しかし、最初はどんな反応をするとしても、アメリカもオリオン集団には勝てないことを悟るだろう。つまり日独ソに影響を及ぼすことで、オリオン集団はアメリカにも影響力を行使できることになる。イギリスに対するオリオン集団の態度はわからないが、日独仏ソ米が動いたならば、イギリスがその流れに逆らうことはできないだろう。

そう考えるなら、オリオン集団の最終目的はアメリカに対して影響力を行使することであり、日独ソはそのための道具なのかもしれない。

もっともこの仮説でも説明できないことはある。オリオン集団がそうして世界に影響力を及ぼすとしても、最終的な目的がどこにあるのか、それがいまだにわからない。

そんな中で熊谷は、秋津の何気ない一言が気になっていた。それは二人だけの朝食の時だった。

「オリオン集団は軍艦は沈めてきたが、どうして都市部の爆撃などは行わないのだろう？　爆撃機を知っているからには、爆撃のなんたるかも理解しているはずなのに」

秋津はそれほど深い意味で言ったのではないらしい。しかし、外交官としての熊谷には、無視できない大きな意味があるように思えた。

非情な見方に立てば、軍艦が沈んだところで社会への影響は軽微だ。被害は軍艦に限定される。それが都市部なら、たとえば発電所や重要工場を破壊すれば、その影響は長期に及びかねない。

それは人道主義的な判断のように見えるが、違う可能性もある。たとえばオリオン集団のこうした態度は、地球を可能な限り無傷にしたいためと解釈すれば、将来の植民地化を視野に入れ、資産価値を維持するためとも解釈できる。

ただオリオン太郎もオリオン・マリヤも地球の植民地化ははっきりと否定している。

もちろん彼らが何をもって植民地と呼ぶのかについては疑問の余地はある。さらに富という点で、彼らはすでに地球になど頼らなくても宇宙の資源が活用できるのも事実だ。あえて手間をかけて地球資源を得ようとするとも思えない。

それに地球以上に高度な文明のオリオン集団が、地球の都市部を無傷で手に入れたとして、得るものがあるかどうかも疑問だ。たとえるなら、都市部の近代的な住居に生活する現代の日本人が、江戸時代の電気もガスもないような長屋住まいを手に入れようとするかということだ。

人間を奴隷にするという可能性さえ、あり得そうにない。秋津の話では、モスクワへ移動中のピルスの中で、オベロというオリオン太郎とは別の種族と遭遇したらしい。オベロはオリオン集団の中で、機械の操作や日常生活の雑事を担っているらしい。いまさら苦労して人間を奴隷化するというのは不合理であろう。

それでも熊谷はオリオン・マリヤとの会話の中で彼らの目的を探ろうとするが、未だに成功していない。オリオン太郎とずっと交渉していた秋津でさえ成功していないのは知っていたが、そこは素人とプロの外交官との違いと自負していた。

しかしいまは、人間の外交官のテクニックなど、人間以外の相手には通用しないという事実を突きつけられる毎日だった。しかも交渉を行うにしても自分たちの状況は厳しいものがある。

交渉を難しくする一番の問題は、プルコヴォ天文台にいる限り、外部の情報が恐ろしいまでに入ってこないことだった。

ラジオを聴くことは禁じられていないが、ラジオ放送もソ連の公式なものだけで、それでは知りたい情報も得られない。しかも天文台にはラジオは一台きりしかなく、放送そのものを耳にするのが難しかった。新聞も似たり寄ったりだ。

「プラウダ（真実）にイズベスチヤ（報道）はなく、イズベスチヤにはプラウダがない」

そんなソ連のジョークを熊谷は実感していた。

電話は自由に外部には掛けられず、モスクワの日本大使館と限られた時間だけ話をすることが許されていただけだ。東郷茂徳《とうごうしげのり》大使とは何度か話をしたが、互いの生存確認ができただけだ。電話は盗聴されているのは間違いなく、そこで重要な話などできるはずもない。

熊谷もモスクワの大使館には報告のため二度だけ戻ったが、それでも滞在できたのは数時間に過ぎなかった。モロトフも熊谷のために特別列車を手配してはくれず、オリオン集団もピルスを飛ばしてくれない。可能なのは最短時間で移動できる特急券を入手することだけだった。さすがに特急券はモロトフの名前で優先的に確保できたが。

モスクワに戻っても熊谷が一方的に状況を報告するだけで、東郷大使からは日本の状況に関する説明はほとんどなかった。悲しいが、その理由はわかる。熊谷が外国施設に半監禁状態にあるならば、そこから日本政府の情報が漏れることを警戒されているのだ。

それに天文台の日本人は二名だけであり、熊谷がいなければ秋津が一人で残される。秋津が不用意に日本の情報を漏らす恐れもあれば、彼の思慮のない行動がトラブルを招く恐れもある。外交官の常識は彼には期待できないのだ。それもまた危険な状況だ。

東郷大使はプルコヴォ天文台に対して日本人職員の増員を提案しているというのだが、それはソ連政府から拒否されていた。だから当面は熊谷と秋津が日本の代表として動かねばならない。

皮肉なことに、熊谷にとって日本情勢の最大の情報源はオリオン・マリヤだった。九月二四日に彼女は日本におけるオリオン集団の大使館設立について言及し、第七回IAU総会の目標を一一月一日と仮設定もしていた。

だが、オリオン・マリヤのIAU総会に対する態度もすぐに変わった。一一月一日の総会にこだわらないと言い始めたのだ。それには日本大使館の開設が予定通りに行われることから、オリオン集団側の何かの方針転換があったらしい。

熊谷や他の三人が驚いたのは、オリオン・マリヤからの「日本艦隊が自分たちの拠点に向かっている」という発言だった。ソ連の科学者たちは、日本がオリオン集団の拠点を艦隊で攻撃しようとしていることに明らかにショックを受けていた。

その理由が、日本が無謀な戦いを挑もうとしているためか、それともオリオン集団と日本政府との関係が武力衝突を招くほど深いと解釈しているのか、そこはわからない。

ただ秋津はわからないが、熊谷はオリオン・マリヤが口にする日本艦隊の情報に段々と暗澹《あんたん》たる気持ちになった。彼らはどういう方法かは知らないが、自分たちの拠点に向かっているのが第四艦隊という部隊であることや、主力が横須賀から出港して、順次合流したことなども把握していた。

つまりオリオン集団には第四艦隊のことは筒抜けなのだ。そしておそらく第四艦隊はオリオン集団の監視については気が付いていない。この非対称的な状況で戦闘になれば、第四艦隊は全滅するか、少なくとも大敗してしまうだろう。

そしてオリオン・マリヤがそんなことを熊谷に明かすのは、彼が日本と直接連絡をとる手段がないためだろう。オリオン太郎が日本政府にこのことを報せていたら、艦隊の動きも違うはずだからだ。

そして決定的なのは九月三〇日の昼食の時だった。オリオン・マリヤは食堂に熊谷と秋津しかいないタイミングで現れた。

「帝国議会で憲法改正が認められ、新しい強力内閣が発足したそうです。これで大使館開設も一気に進むと思います。第四艦隊とも良好な関係にありますから」

彼女はそれだけを告げると、自分用のジャムの瓶を持って去っていった。さすがに熊谷も黙ってはおれず、すぐに日本大使館への電話を要求し、認められた。しかし、この時点で東郷大使にはそうした情報は届いていなかった。

一時間後、東郷大使から天文台に電話があり、マリヤの情報が正しいことを知らされた。これは重要な事実だった。熊谷から電話したときに東郷大使も知っていれば、モスクワの大使館への盗聴か何かで知ったとも解釈できる。

しかし、東郷大使が本国から知らされる一時間も前にオリオン・マリヤが熊谷にそう告げたというのは、オリオン集団は日本政府の重要情報をすぐに手に入れられることを意味する。

熊谷にとっては、オリオン集団と日本の関係が大使館開設でどうなるのか、それがもっとも重要な課題だった。だが、彼と秋津は翌日、自分の視野の狭さを思い知らされることになる。

*

秋津はオリオン・マリヤが大使館開設の話をした時も、あまり驚きはしなかった。それはオリオン太郎から何度も聞かされていたからで、熊谷はどうか知らないが、秋津にとって大使館は遅かれ早かれ開設されるものだった。

それよりも秋津にとっての疑念は、やはり演算機にあった。どうして天文台の演算機が本来の能力以上の計算精度を実現できたのか？　どう考えてもそれはありえない。

あの演算精度は、地球にあるすべての演算機を連結させてはじめて達成できる水準だ。だとすれば、地球上の演算機はすべて連結していなければならない。しかし、どうやって？

秋津はずっとそれを考えていて、一つの可能性に思い至った。演算機は常に電源を入れておくように言われていたが、電力ネットワークを介して他の場所にある演算機と情報のやりとりをしているのではないか？　つまり自分たちは金属の箱を見て、演算機が一つある、二つあると考えていたが、その認識が根本的な誤りなのだ。

地球には巨大な演算機ネットワークが一つあるだけで、日本やソ連などはそこから能力の一部を使っているに過ぎない。

もちろん電力網は地球全体を覆ってはいない。島国日本の電力網がソ連やドイツと繋がるはずもない。

しかしオリオン集団なら、各国の電力網を通信回線として利用したとき、電話の交換機なり中継機のような装置を密かに仕込むことは可能ではないか？

その中継機が各国にあるなら、適当な電気コンセントに差し込むだけで、演算機と演算機の通信回線を開くことができるからだ。

ともかく次にオリオン・マリヤに会ったなら、この件を確認する。秋津はそう結論した。しかし、一〇月一日、二日とオリオン・マリヤの姿を見ることはなかった。日本での大使館開設が決まったことが原因ではないかと秋津は解釈したが、本当のことはわからない。

ともかく知りたいことを確認できないまま、秋津は眠れない夜を過ごしていた。さすがに二日の夜には体力も限界で深夜に就寝する。だが彼の眠りは長くは続かなかった。午前三時というのに、天文台周辺に集まったらしい自動車や人々の怒鳴り声で目が覚めたからだ。ロシア語が多少は聞き取れるようになったとはいえ、外の怒声まではわからない。

わかるのは、このまま寝ているわけにはいかないということだ。秋津が着替え終わるのと、熊谷が部屋に飛び込んでくるのとは、ほぼ同時だった。

「おい、おかしいぞ。天文台が軍隊に包囲されている。見たこともないでかい戦車が正門前に止まっている。他にもトラックや装甲車がある。兵士も一〇〇人は下るまい」

熊谷は鞄一つだけ持って現れた。

「あんたも鞄一つに大事なものをまとめた方がいい。何があっても動きやすいようにな。ともかくパスポートは肌身離さず持っていてくれ。いよいよとなれば、あれだけが我々を守ってくれる」

秋津は言われた通りにした。ただ、パスポートはオリオン集団から渡されたもので、まず間違いなく彼らが作った複製品だ。しかし、いまはそんなことを言っていられる状況ではないらしい。

「ここはモロトフの庇護下にあるんじゃないのか？」

秋津にはそこが腑に落ちなかったが、熊谷はあっさり言い捨てる。

「モロトフがもしも失脚したら、彼の庇護下の人間はすべて危険な状態におかれたってことだ。モロトフ一味としてな」

「我々もか？」

「我々は日本人だが、ここの連中は撃ってから国籍を確認しかねんのだ」

熊谷は秋津に、これから先は自分とは離れるなとも指示した。秋津と違って自分はロシア語も堪能なのと、外務省の人間ならソ連当局も勝手な手出しはできないとの理由からだ。

良くも悪くも秋津は熊谷ほど、状況を深刻に認識していなかった。理由は単純で、ソ連がオリオン集団との関係を重視しているなら、オリオン太郎との関係が深い自分たちに害を及ぼすはずがないからだ。

もちろんオリオン集団の問題をソ連政府が感知せず、すべてモロトフだけが管理していたなら話も違ってくるが、ここまでの状況を考える限り、その可能性は低いだろう。

それでも秋津は熊谷に逆らおうとは思わなかった。右も左もわからない外国である。最悪の想定をしておくのが安全だろうと思うからだ。

ノックの音がしたのはその時だった。秋津がそれに返事をする前に、そいつは入ってきた。オリオン・イワンだった。彼はオリオン・マリヤの部下だと秋津はずっと思っていたが、単純にそういう関係でもないらしい。

軍服の階級がマリヤは大佐で、イワンが軍曹だっただけで、オリオン集団における階級の上下を反映しているのは確かだが、指揮系統は別らしい。

外部折衝はマリヤだけが行うが、雑事はイワンが行っていた。そして二人の間には、ほとんど会話がない。マリヤが難しい仕事担当、イワンが簡単な仕事担当。最近では秋津はそんな印象を持っていた。

まず、オリオン・イワンがわざわざ秋津の部屋を訪れるなど、一度もなかった。

「警備のためにここにいる」

イワンはそれだけを告げる。マリヤに比べると、イワンの語学能力は高くない。というより、地球の人間と会話することを最初から期待されていないかのようである。この点でオリオン集団の役割分担は徹底しているようだ。

「警備って？」

秋津が尋ねると、イワンは背嚢《はいのう》からジャムの瓶を取り出し、舐めながら答える。

「軍隊が天文台を封鎖している。混乱が起こるから、安全のためここにいる」

秋津がイワンに尋ねたいことは幾つもあったが、彼から知りたい情報が得られる可能性は低い。彼にとっての言語とは、自分が伝えたいことを伝えるためのもので、会話という概念はないらしい。熊谷もイワンには話しかける素振りも見せない。

「詳しくは、マリヤを待て」

そう言うと、イワンは仁王立ちになって、ただジャムを舐めている。どうもソ連で何か事件が起きて、その関係で軍隊が天文台を封鎖しているらしい。しかも戦車まで投入するとは只事ではない。

外の様子は気にはなったが、窓を開けて窺うわけにもいかない。カーテンを閉じたまま、外の様子に耳をすませるだけだ。

外は意外に静かであった。戦車は動かず、兵士たちも配置に就いたらそこから目立った動きはない。熊谷が恐れていたような、自分たちを逮捕するような動きもなく、そもそも兵士たちは天文台の外を警戒するだけで、内部に入っていないようだ。

そうして何も言わずにオリオン・イワンが部屋を出ると、今度はオリオン・マリヤが入ってきた。

「心配することはありません。天文台の人間に害が及ぶことはありません」

マリヤはそう言って、二人を安心させようとする。

「戦車まで持ち込んで安心しろというのは無理があるだろう」

熊谷が抗議するが、マリヤには通じない。

「戦車が守るからこそ安心なのではありませんか？」

秋津はその言葉に反応する。

「オリオン集団がソ連軍に、天文台を守るよう要請したのか？」

それに対してマリヤは手を左右に振って、違うという身振りを示す。それは日本ではよく見る仕草だが、ロシアではあまり目にした記憶がない。オリオン太郎が学んだ日本人の仕草をマリヤも真似ているのか？

「天文台なら自力で守れます」

マリヤがそう言うと、部屋の壁に畳ほどの大きさのある映像が現れる。彼女の肩から投影されているようだ。

それは森の中の宮殿の写真に見えたが、映像がズームアップされるに従い、プルコヴォ天文台の現在の姿であることが明らかになった。天文台を囲むように六両の戦車が配置され、一個分隊の兵士が隊列を組んで移動している。

「ピルスから撮影している映像です。高高度で滞空しているので、誰も気がついていないでしょう。二機のピルスが常時待機しているので、赤軍の戦車隊が来たとしても我々は天文台を守れます。仮に危険となったなら、ピルスで脱出すればいいだけの話です」

「なら、あの部隊は？」

熊谷は自分たちの安全よりも、天文台周辺の異変が気になるようだった。考えてみれば事態の性質によっては、モスクワの日本大使館も無事とは限らない。オリオン集団も日本大使館上空にピルスを待機させているとは思えない。

「モロトフの指示に従い、チモシェンコの命により派遣された部隊です」

秋津にも、チモシェンコというのがセミョーン・コンスタンチーノヴィチ・チモシェンコ国防人民委員であるくらいはわかった。外務大臣の指示で赤軍トップが部隊を動かしたということだ。

「まさかドイツ軍がソ連に侵攻してきたのか！」

熊谷が叫ぶ。確かにそれなら、戦車まで動員して天文台を守る理由も理解できると秋津は思った。だが、それに対するマリアの返答は衝撃的だった。

「それはあり得ません。ヒトラー総統は九月二九日に暗殺され、いまは臨時政権が政府を掌握しています」

マリヤは天気の話でもするように、そう告げる。

「そんな大事なことをどうして教えてくれないんだ！」

熊谷の抗議にマリヤは動じない。

「尋ねられてもいないことをなぜ教えなければならないんですか？」

「そんなのは常識……」

熊谷は口籠る。秋津もオリオン太郎とのやり取りで何度も経験したことだ。外見は人間そっくりだが、彼らに人間の常識が通じると思ってはいけないのだ。

「それに、ソ連政府も事実関係が確認できるまで、この件については徹底した報道管制を布《し》いていましたから、それをオリオン集団から公《おおやけ》にはできません」

ただでさえ情報が届かないこの天文台では、ソ連政府が公開しないなら、ヒトラー暗殺ほどの大事件であろうと秋津たちが知ることはできない。彼は改めて自分たちが置かれている状況を認識した。

「東郷大使はどうしてそんな大事なことを教えてくれなかったのだ！」

熊谷が吠える。彼にしてみれば裏切られた気持ちなのだろう。しかし、マリヤは熊谷の言葉を質問と解釈したらしい。

「大使は熊谷さんが知っていると判断なさったのでしょう。世界的な大事件ですから。ソ連政府が明かさずとも、日本政府からの照会もあるでしょう」

マリヤはオリオン集団の前には暗号通信は無意味だと、婉曲に示唆する。

「しかし、ヒトラーが暗殺されたなら、スターリンだって黙ってはおるまい。バルカン問題でヒトラーと対立していたのだ。この混乱に乗じて武力侵攻をするかもしれないぞ!」

「それはありません」

「どうしてマリヤはそんなことを断言できるんだ!」

熊谷の疑問は秋津と同じであったが、マリヤはそれに明快な理由を述べた。

「ヨシフ・ヴィッサリオノヴィチ・スターリン中央委員会書記長は昨日、飛行機事故で死亡しました。モスクワでは、いま後継者を決めています」

マリヤの返答に秋津は壁のカレンダーを確認する。一九四〇年一〇月三日の朝であった。

「たった四日の間に世界の独裁者が二人も死んだというのか……」

あまりのことに事実を咀嚼《そしやく》しきれない秋津に、マリヤは言う。

「誰にでも運のない日はあります、それが大国の独裁者でも」

＊

スターリンがクレムリンでヒトラー暗殺の第一報を受けたのは、九月二九日、暗殺より数時間後のことであったという。報告を受けた時間だけ比較すれば、ナチス党の高官でもスターリンより後に知った人間は何人もいた。

ただこの時点でスターリンはヒトラー暗殺の報告を信用しなかった。理由は幾つかあるが、一番大きいのは、報告者が連邦治安管理局（GUGB）の長官であるラヴレンチー・ベリヤであったことだ。

ベリヤについては、ニキータ・セルゲーエヴィチ・フルシチョフ政治委員やモロトフ外務人民委員より、その権力欲を警戒すべきとの報告がなされていた。当初はスターリンもこのことをさほど重視はしておらず、むしろ望ましくさえ感じていた。

ヒトラーもそうだが、独裁者の権力は世間が思っているほど圧倒的なものではない。古代エジプトの軍隊では、腕力に秀でたものが一〇人隊の隊長に選ばれたりしたという。しかし、文明世界ではそんなやり方は通用しない。鉄の男スターリンといえども、ソ連邦はいうまでもなく、政治局員の中でも一番腕力が強いわけではない。にもかかわらず彼がソビエト共産党で権力を掌握できるのは、対立する複数の政治勢力の仲介者としての調整能力故だ。

そして仲介者としての力の源泉は、実務能力にある。近代組織が書類により動くのであれば、国家を支える官僚機構の良き代弁者となることが、権力者の力の源泉だ。

革命家レーニンが人民委員会議議長なのに、独裁者スターリンが書記局長なのは偶然ではないのである。だから共産党幹部の中に派閥があり、対立があるならば、そこにスターリンの権力が生まれるのである。

むろん官僚群の意思の代弁者でありながら、政治対立の仲介者であり続けるという芸当は、それはそれで特殊な能力が必要だ。派閥抗争の仲介者など、世界に何万といるだろう。しかし、国家機構でそれを成功させたのは、おそらくヒトラーと自分だけだとスターリンは自負していた。

イギリス、フランスの偽善的な指導者よりもヒトラーに親近感を覚えたのもそのためだし、彼の危険性を誰よりも理解しているのも自分だと思っていた。

だからこそベリヤに対する警告を、スターリンも最初は権力抗争の現れと認識していた。しかし、立場の異なる複数の国家機関からベリヤに対する情報が頻出するようになると、スターリンも警察権力を持つ部下に対する警戒感が芽生えていた。

そうした中で、ヒトラー総統暗殺の報告である。ベリヤは自分の能力を誇示しようとしているのだろうが、さすがに暗殺から数時間後に察知するというのは、スパイ網があるとしても早すぎる。

むしろベリヤが、ドイツの仕掛けた罠に易々と騙されたのではないか？　スターリンはそう考えた。

だが九月三〇日にヘス総統代行の新体制が発表され、スターリンもこの事件が事実であることを認めざるを得なくなった。

スターリンはその日のうちに中央政治局員や赤軍の主な幹部に緊急招集をかけた。会議室に集められた政治局員の面々は、どうして自分たちが招集されたのかについては予想がついた。ヒトラー暗殺後のドイツにどう対峙するか？　これ以外に何を話し合うというのか？

そして彼らの予想は当たった。スターリンはまずベリヤではなく、外相のモロトフにヒトラー暗殺に関する報告をさせた。

モロトフはビュルガーブロイケラーというビアホールでの暗殺計画は昨年も行われており、前回は単独犯の犯行だが、今回は親衛隊の現役将校を含むグループによるものであることなどを説明する。

犯人はすぐに逮捕され、全員が有罪を認めていることも付記する。政治局員の何名かは、意味ありげにベリヤに視線を向けた。拷問をかければやってもいない犯罪を自白するなど珍しくもないからだ。ベリヤはそうして万単位の犯罪者を収容所に送っているではないか。

「首謀者はクラウスとかいう造園業者なのか、親衛隊のヘンニンク大尉なのかは不明ですが、親衛隊員がこうした計画に関与した事実は、起こるべくして起きた事態と言えるでしょう」

「ヒトラーの権威も、はりこの虎だったわけか」

スターリンはそう言いながらも、それを他人事《ひとごと》とは思えなかった。内乱や共産党内の権力闘争を勝ち抜いてきたスターリンには、権力者とは到達点ではなく、維持し続ける努力が必要な永久運動であることがわかっていた。ヒトラーはそれを理解していなかったのだろう。だから暗殺を許すことになった。自分も気を緩めれば、いつ寝首をかかれるかわかったものではない。彼はそれを自身に言い聞かせる。

「ヒトラーだけではなく、陸軍のハルダー上級大将や空軍のゲーリング元帥も巻き添えで死亡しています。ドイツ軍の混乱は避けられないでしょう。未確認ですが、国境周辺に集結していた部隊に本国への引き上げ命令が出たという情報があります」

モロトフはそう報告を締めくくる。それが何を意味するかは明らかだった。ドイツのソ連侵攻の可能性はほぼなくなった。

「そうであるならば、バルカン問題はソ連主導で解決ができるな」

中央政治局員たちは、その発言には驚かなかった。ドイツが混乱し、軍隊も引き上げている状況でなら、バルカン問題についてソ連の勢力圏を確定し、既成事実にできるだろう。

もちろんそれは、すでに独ソ間で取り決められている勢力範囲に関してだ。最近話題になるバルカン問題とは、独ソ不可侵条約締結を優先するために先送りされていた勢力範囲の問題である。それをソ連の主張通りに決着させるのに、この状況を利用しない手はない。

だがスターリンは、ヒトラー暗殺の効果を中央政治局員の誰よりも重視していた。

「いまならば我々がポーランドを完全併合することも可能だろう」

スターリンの言葉に、その場のほとんどの人間が息を呑んだ。スターリンはポーランドの西半分からドイツ軍を追い出すと言っているのだ。

「ヘスは未だ総統代行でしかありません。そんな男にポーランドから兵力を引き上げるという決断ができるでしょうか？」

その場の人間は、モロトフの質問に外交官としての巧みさを感じた。つまりスターリンの外交手腕で問題を解決するように促すとも解釈できるが、外交がダメなら軍事力で実現するという発言を引き出すとも解釈できる。スターリンの腹の中がわからない状況では、どちらとも解釈できる質問は安全牌と言えた。権力者は自分に都合の良い意味だけを読み取るのだから。

「我が軍のポーランド進出を見れば撤退以外の選択肢はあるまい。チェコやハンガリーにも兵を進めると脅せば、ポーランドで止まる我々に彼らは感謝さえするだろう。同志、チモシェンコ。赤軍の改革は進んでいるのか？」

チモシェンコ国防人民委員は、招集がかけられた時点でこうした諮問を予想していたのか、鞄から書類を取り出すと、それを見ながら返答した。

「赤軍機甲監督局総監の提議を受け入れ、現在我が軍は機械化軍団八個の編制に加え、新たに二個戦車師団の建設も始まっております。

これらの新設部隊では、新型のＴ３４中戦車やＫＶ重戦車が戦車部隊の中核となります。これら機械化部隊に配備される戦車の総数は一〇〇〇を数えますが、半数がこれら新型戦車であります。

ドイツ軍で最も大きいのが四号戦車であることを考えるなら、戦車戦力での我が軍の優位は明らかです」

軍務経験のある中央政治局員から拍手が起こった。ただ拍手をしながらも、軍人たちは内心でチモシェンコ国防人民委員の話に白けてもいた。

半数が新型戦車とはいうが、それは半数が旧式のＢＴ戦車であるということだ。たとえば昨年のハルヒン・ゴール紛争（日本名ノモンハン事件）では、日本軍に勝利したのは事実だが、夥《おびただ》しい数のＢＴ戦車が犠牲になった。

ある戦闘ではたった一日で、装甲車を含む一五〇両が野砲や火炎瓶の犠牲になり破壊されている。チモシェンコが自慢する新型戦車にしても、BT戦車では近代戦は戦えないという事件の教訓からではなかったか。

そもそもフィンランドのような小国相手の戦争で苦戦したのはつい最近の話だ。その自分たちが、軍の改革を行っているとはいえ、フランス軍を電撃戦で降したドイツ軍と戦えるのか？

それに赤軍の問題は戦車部隊の数ではない。

赤軍の機械化に貢献すべく養成してきた人材は著しく不足している。その状態で戦車部隊だけ増やしても、素人を戦車に乗せるようなものだ。機械化部隊の練度や戦術眼において、ドイツの装甲師団とはまともな勝負にならないだろう。

自分たちがいずれドイツ軍に負けない存在になるのは間違いないだろう。しかし、それまでの間に夥しい犠牲が生じるのもまた間違いない。

それでも軍人やそれに近い中央政治局員らは拍手を止めない。どこの誰ともわからぬ戦場で斃《たお》れる兵士の心配よりも、スターリンの粛清リストに自分の名前が書き加えられるかどうかの心配こそが切実だからだ。

「ありがとう、同志チモシェンコ。すぐに具体化してくれ」

会議はそれからもしばらく続いたが、それは余興のようなものであり、ソ連の対独方針はスターリンとチモシェンコのやり取りでほぼ決まっていた。

もっとも中央政治局員たちは、方針の大枠が決まったとしても、まだ軌道修正の余地は残っていることを知っていた。赤軍の幹部層や実務担当の官僚層が真に望んでいないことをスターリンはしない。

そもそも今回の侵攻作戦の根拠となっている独ソ不可侵条約の秘密文書にしても、大枠は独ソの事務方折衝で文言はできており、それにスターリンの意思が織り込まれているとしても、事務方の総意を覆《くつがえ》すことはできない。

ポーランドの完全占領にしても、中央政治局員でそれに積極的に反対を唱えるものはいない。スターリンの決定に従うのは、それが彼らの多数派意見でもあるからだ。

したがって作戦計画を具体化する中では、スターリンの思惑を離れた修正が加えられることもままあった。これも当然で、スターリンとて赤軍のすべてを把握しているわけではない。師団の数くらいは知っているかもしれないが、部隊の充足率までは知らないわけだ。

そして赤軍内部の中間管理職たちは、上から降りてきた課題を実現するために四苦八苦していた。チモシェンコ国防人民委員は機械化軍団八個の編制と景気の良いことを語っており、確かにそれだけの軍団はある。

しかし、戦車の充足率は低い。部隊を急増すれば、戦車を増産しても充足率は却《かえ》って低下する道理だ。しかもその充足率たるや、五〇パーセントでもましな方で、三〇パーセントなどという部隊も珍しくない。

だからスクラップ寸前の旧式戦車で数を合わせるようなことが公然と行われていた。

ただし、一個軍団だけは定数通りの充足率を実現している。スターリンが訪問する時に、部隊の完成度の高さを見せつけるためだ。完璧な軍団一つのために充足率の足らない七つの部隊が生まれるわけだ。

一〇月二日には、早くもスターリンの西部軍管区視察が発表される。これには映画班も同行し、人民の父が精強なる赤軍機械化部隊の将兵を慰問する様子を記録する予定だった。

ドイツ軍のいかなる戦車よりも高性能な、新型戦車集団の威容を示すという意味もある。こうした宣伝映画を公開するというのは、スターリンが戦場で新型戦車を投入する奇襲効果よりも、その力を誇示することで、外交的に問題を解決するつもりであることを意味していた。

映画班は西部軍管区が準備し、スターリンはアメリカから輸入したDC3をソ連で改良した機体で、モスクワから飛び立つことになっていた。

＊

ＤＣ３は左が機長席、右側が副操縦士席となっていた。機長のコルニーロフ大尉は、副操縦士のゼンジーノフ中尉とは初対面であった。気心のあまりしれない人間と操縦席で一緒になるのは緊張を強いられるものだが、それはゼンジーノフも同様に見えた。

おそらくは彼も、機長である自分を治安管理局の回し者と思っているのではないか？　なぜならコルニーロフもまたゼンジーノフが当局の密偵との可能性を払拭《ふっしょく》できないからだ。

そこまで自分が神経質になるのは、乗客のせいだ。この飛行機は西部軍管区を訪れるスターリンその人を乗せている。このことは最高機密ではあるが、機長と副操縦士には知らされていた。

「最高の操縦を行え」

上官からはそう命じられていた。下手な操縦で人民の父に怪我でも負わせようものなら、自分の人生が辛いものになるのは間違いない。むろん自分の技量のすべてを投入するつもりだが、天候だけはどうにもならない。

「よろしくお願いします」

副操縦士のゼンジーノフが頭を下げる。

「こちらこそ、頼む」

コルニーロフも頭を下げるが、握手はしない。

「新型機と伺ってきたんですが、普通のＤＣ３ですね？」

ゼンジーノフが手順書を確認しながら言う。

「国産の高性能エンジンと聞いている。ツポレフの新作だそうだ。操縦特性に影響はなさそうだ。それより飛行航路の天候はどうか？」

機長であるコルニーロフは、ゼンジーノフに確認させる。それは副操縦士の役割だ。

「東寄りの風がやや強めですが、全般的な天候は飛行に差し支えありません」

「そうか、ありがとう」

操縦席で飛行手順を詳しく打ち合わせ、離陸準備にかかる。しかし、離陸許可は出ない。

操縦席の二人は、窓から周囲の状況を確認する。安全確認をしすぎるということはない。

「あれはベリヤじゃないのか？」

突然、ゼンジーノフが声をあげる。

「何だって？」

「いえ、飛行機から降りて、滑走路脇の自動車に移動した人物がベリヤのように見えたので」

「君は、ベリヤの顔を知ってるのか？」

コルニーロフの質問にゼンジーノフは、新聞の写真で見たというような曖昧な返事をするだけだった。コルニーロフもこの話題をそれ以上は続けない。ベリヤの名前など人前で口にして良いものじゃない。

飛行機から降りたのがベリヤであるというのは、どうやら本当らしく、すぐに止まっていた離陸命令が出た。スターリン以外で、専用機を止められる人間は限られる。

滑走路には小石一つ落ちていない。ツポレフの新型エンジンを搭載したＤＣ３は危なげない離陸ののちに空に飛び立った。車輪を収納し、高度を上げ、飛行高度に達すると目的地に機首を向ける。すべてが順調だ。

「ベリヤがスターリンに疎《うと》まれてるって噂は本当なんでしょうか？」

操縦が山を越えると、ゼンジーノフがそんな話をしてきた。

「疎まれているから飛行機の同行を許されなかったとすれば……」

「副操縦士なら操縦に集中したまえ」

コルニーロフは機長として、ピシャリとそう言った。副操縦士が密偵なのかそうでないのかはわからないが、この男は脇が甘すぎる。そんな奴の失態に巻き込まれるのは願い下げだ。それが彼の本音である。

それからしばらくは二人の間に会話はなかった。ツポレフの新型エンジンが高性能というのは嘘ではなかった。DC3は通常以上の速度で飛行し、巡航高度も普通より高いようだ。

すべてに問題がないことを確認し、コルニーロフは操縦をオートパイロットに委ねる。そしてやっと緊張を解いた。

だがあと三〇分で到着というとき、コルニーロフ機長は急に睡魔に襲われ始めた。こんな経験はパイロット生活で初めてだ。それと関係があるのか、ジャイロコンパスは正常だが、磁気コンパスが激しく回転している。磁場の異常があるのだろうが、それ以上は頭が回らない。

ふと見れば、ゼンジーノフもまた睡魔と闘っているように見えた。

「おい、寝るなよ」

そういう自分も呂律《ろれつ》が回っていない。これは単に眠気とかそういう類《たぐい》のものじゃない。

そしてコルニーロフ機長は、高度計の針が振り切っているのを認めた。実用上昇限度が七一〇〇メートルのDC3は、高度計の目盛も八〇〇〇メートルまでしかない。それが振り切れているというのはどういうことか？

しかし、それはおかしい。そんな高度ならそもそもエンジンが作動しない。にもかかわらず操縦席の窓から回転を続けるプロペラの姿を認めた。ならば機内の計器類が狂っているのか？　あるいは計器は正常で、客室で騒ぎが起きないのは、みんな酸欠で意識を失っているためか。

　その理由はわからない。ただ彼は空気の壁にぶち当たるような衝撃と共に、機体が急激に高度を下げてゆくのを感じた。そして一瞬、操縦席の窓から、何か四角い飛行物体が自分たちを追い抜いてゆく姿を見たような気がした。そしてエンジンは停止している。

　エンジンを再始動しようにも起動しない。何が起きたのか、電気回路はすべて使えなくなっている。先ほどまでは動いていたというのに。

酸素分圧が高くなり、ようやくコルニーロフ機長は機体の状況を理解できた。

「墜落する！」

　それが、彼が死ぬ直前に理解できたことだった。スターリンを乗せた特別機は、こうして墜落した。いわゆる一〇月事件である。

　スターリンの乗ったDC3が墜落したことを真っ先に把握したのは、赤軍であったという。宣伝映画の演出のために一足先に移動し、西部軍管区でスターリンを迎える役割のチモシェンコ国防人民委員は、飛行機が時間になっても到着せず、無線も通じないことに直ちに異変を察知して、部隊を動かした。

そして程なく、墜落した機体とスターリンの死体を確認した。西部軍管区にはモロトフ外務人民委員とニキータ・セルゲーエヴィチ・フルシチョフ政治委員が、スターリンに先んじて待っていた。

チモシェンコ国防人民委員はモロトフとフルシチョフと相談の上で、この事実を徹底した緘口令《かんこうれい》の元に置くと同時に、急ぎモスクワに戻ると、まず赤軍部隊により内務人民委員本部《ルビャンカ》を占領し、ベリヤがスターリン暗殺の容疑で逮捕される。

スターリンと同じ飛行機に乗るはずだったのに、直前に飛行機から降りたのがその理由である。爆発物を仕掛け、それから降りたというわけだ。

ベリヤは何十人かの高級官僚や中央委員を巻き添えにする形で、翌日、罪を認め銃殺された。

そして一〇月二日の深夜には、モロトフが党筆頭書記長兼外相、フルシチョフが首相、チモシェンコが国防人民委員のまま最高会議幹部会議長となり、権力機構を分散したトロイカ体制が宣言される。

九月二九日のヒトラー暗殺は、スターリンに軍事的冒険を決意させ、それ故に一〇月二日のスターリン暗殺を招いた。世界は一週間足らずの間に二人の独裁者を失った。

そして一〇月五日、旧ポーランドのワルシャワでヘス総統代行とモロトフ書記長兼外相の緊急会談が行われ、独ソ首脳による相互の国境線の尊重が宣言され、両国が国境に集結させていた部隊は撤退した。

3章　ジン・ガプス

　昭和一五年一〇月三日、銚子沖にオリオン集団の客船が降下した。全長は三〇〇メートル以上あり、排水量は二〇万トン。ほんの一瞬で、世界最大の船舶は、この着水したばかりの客船となった。

「あれは何という船名なんだ？」

　降下現場の確認のために待機していた重巡洋艦利根のウイングで、客船を観察している桑原茂一《くわはらもいち》は、側にいるオリオン太郎に尋ねる。ウイングでは少し離れて猪狩周一《いかりしゅういち》もいたが、彼は客船のスケッチに余念がない。

「大使館ですけど」

　オリオン太郎は、他にあるかという表情で答えた。

「いや、だから大使館にするあの客船の名前は何というのだ？」

桑原が重ねて尋ねると、オリオン太郎は少し考えるような素振りを見せた。

「どうも、地球の人たちの名前への拘《こだわ》りはわかりませんね。大使館に使うものは大使館でしょう」

「どうしてそうなる。たとえば私は桑原茂一だが桑原家の当主であり、海軍将校であり、日本人であり、人間だ。一人の人間が幾つもの帰属先を持っている。だから海軍軍人や日本人とかの一般名詞が必要だろう」

しかし、桑原の意見にオリオン太郎は混乱しているらしい。

「そちらの猪狩さんも秋津さんもそうですけど、地球の人の名前の扱いが不合理なんです。いまの話だと海軍軍人だの日本人だのというのは桑原茂一の持つ属性であり、複数の属性の有無をリスト化して固有名詞に紐づければ、それ以上は名前などいらないでしょう」

「同じことを違う表現で言ってるように聞こえるが」

「ならば船に名前は要《い》りませんよね」

桑原にはオリオン太郎の言っている概念がまるで理解できない。ただわかるのは、自分たちの名前に関する観念に海より広い隔たりがあるということだ。「あの船の属性に大使館があるなら、やはり名前は必要だろう」と猪狩も疑問を口にする。

「ええと、皆さんがあの船に大使館以外の名前が必要ということなので、名前を作りました。ジン・ガプスです。簡単に言えば、ジンは大きいという意味で、ガプスは……まぁ、船の意味です」

「ジン・ガプスで巨船というような意味か?」

「そうじゃなくて、我々から見れば意味を名前に転換したんですが、まぁ、実用上は問題にはならないでしょう」

その時、利根の艦上が騒がしくなる。電探が何かを捕捉したらしい。

「来ましたね。移動しましょう」

オリオン太郎が、桑原や猪狩を促す。艦長らは彼らの移動にむしろ安堵しているようだった。

オリオン太郎に促されるまま、桑原と猪狩は艦尾上甲板へと移動する。利根は航空巡洋艦であるため、艦尾は水偵が発艦するために広い空間となっていた。いまその甲板にピルスが接触しようとしていた。ピルスの胴体幅は巡洋艦の幅よりもやや広く、艦尾上空を高度二メートルほどを維持しながら滞空する。

そして胴体下からはラッタルが降りてきた。

「あれで中に乗ってください」

オリオン太郎に言われ、桑原も猪狩もラッタルへと向かう。

「どこへ行くんだ？」

桑原の質問にオリオン太郎は、着水したばかりの客船を手で示す。

「お二人とも、あの内部を見たいとは思いませんか？」

もとより桑原には異存はない。大使館の職員になれと命じられてもいるのだ。軍艦の上に滞空するというのはピルスにも難しいのか、艦尾周辺は温風に包まれていた。相当の熱量で、軍艦の上に止まっているらしい。

「いっそ着艦すればいいじゃないか？」

桑原は腕を伸ばしてピルスを示す。

「着艦したら、利根の一部が壊れますよ。それはまずいでしょう。ピルスは見た目よりも重いんですよ」

「あのピルスはどこから現れた？」

「ジン・ガプスからですよ。大使館として使うんですから、ピルスがないと不便です」

オリオン太郎の話を信じるなら、あの巨大客船は航空機を運用できることになる。

しかし、それも不思議はないだろう。日本海軍が誇る空母加賀、赤城は軍艦としては最大規模だが、ジン・ガプスはそれよりもさらに大きいのだ。全長だけで比較しても客船の方が一〇〇メートルは大きい。

なおかつピルスは垂直に離着陸可能なのだから、あの客船から飛び立ったとしても何ら不思議はない。それより桑原はあることが気になった。

「ジン・ガプスには何機のピルスが搭載されているんだ？」

「六機のピルスが収容されてますし、船尾飛行デッキにはパイラも着陸できます」

ジン・ガプスは船体の上甲板の上に、船体より少し小さい程度の船橋楼が島のように載っている構造だった。このため最高部と海面との距離は一〇〇メートル近くあった。

普通の客船もホテルに相当する船橋構造物は小さくないが、ここまで背の高い構造のものはない。視界を確保するため最上階に船橋らしい窓の列が見える。そして船橋甲板はそのまま船尾まで伸びていた。

この船橋甲板の船首と船尾が円形の甲板となっていた。船尾部の円形甲板は直径で六五メートル、船首部の円形甲板は直径三五メートルはありそうだった。この二つの円盤が着艦場所なのだろう。

ピルスの空戦能力は不明だが、攻撃機としての能力は証明されている。伊号潜水艦を撃沈し、さらに駆逐艦を怪力線で切り刻んだ。それが六機あるというのは、馬鹿にならない戦力だ。

熱風の中、三人はピルスの内部に移動する。ラッタルが収納されると、床の穴は消えていた。

「もっと小回りの効く乗り物はないのか?」

桑原はそう尋ねることで、オリオン集団の航空戦力に探りを入れる。

「ピルスより小回りの効く飛行機ですか。必要なら製作しますけど、ピルスとパイラで我々が必要なことにはすべて対応できます。無駄に飛行機の数は増やしたくないですから」

「自分をウルシー環礁まで運んだ六発飛行機はどうなった?」

桑原とオリオン太郎の会話を聞いていた猪狩が質《ただ》す。

「あれはもう解体しました。皆さんがお馴染みの飛行機の形を使う段階はもう終わりましたから」

三人がいるのは格納庫のような広い部屋で、すぐに周囲の壁が透明になる。それが外部の光景を映し出していることを桑原は知っていた。おそらく猪狩もそうだろう。

利根の艦尾甲板を垂直に上昇したピルスは、そのままジン・ガプスの船尾の円形甲板に向かい、そこに着陸する。飛行時間は五分もかかっていない。

着陸すると同時に、ピルスは船内を降ってゆく。円形甲板の一部はエレベーターとなっているらしい。そこは空母の格納庫のような空間だが、船自体が巨大であるため、格納庫は棚のように何段も連なっており、三人のピルスは棚の空いている場所に移動した。

棚は船首方向と船尾方向にそれぞれ一つずつあるようで、エレベーターを挟む形で向かい合うように配置されていた。そうした棚が三段あり、ピルスが六機収容できるようだった。

壁の映像はそこまで投影すると消え、ピルスの壁にドアが開いた。それはそのまま廊下に通じている。桑原は空中要塞パトスの通路を思い出した。

「この客船には何人くらい乗っている？」

「僕ら三人だけですよ。船の機械は無人でも動きます。固有の乗員は順次、パイラで運ばれてきます。人数はお答えできません、その表現が難しいので」

桑原の質問にオリオン太郎はそう答えたが、桑原には更なる疑問があった。

「この船もオベロが管理するのか？」

「ええ、いま言ったように、ジン・ガプスは無人でも動きますから」

それは会話として嚙み合っていないが、オリオン太郎の視点では説明になっているらしい。それはつまりオベロは人数に含まれないということらしい。それは桑原のパトスでの生活経験からもわかる気はした。

「ジン・ガプスにも巨大な球形の植物が育てられているのか？」

「まさか、環境樹はジン・ガプスには持ち込みません。デリケートな存在なんですから」

オリオン太郎の答えで、桑原は自分が見たものの名前が環境樹であることを知った。パトスにいた時には、この質問をしても無視されていたから、オリオン太郎があっさり名前を述べたことが意外だった。

もっとも、環境樹というのが固有名詞なのか一般名詞なのか、それはわからない。尋ねても互いに混乱するだけだろう。

「君らにとって、環境樹とは何なのだ？」

「それに該当する言葉がありません。日本の人間に理解できる概念で一番近いのは里山でしょうが、それでも半分も説明にはならないでしょう。まぁ、それよりもっと重要なことがあります」

環境樹の話題をオリオン太郎はあまり口にしたくない印象を桑原は持った。空中要塞パトスに環境樹を持ち込みながらジン・ガプスには持ち込まないのは、地球で活動するためには近くに用意する必要がある反面、地球の人間には触れられたくないからではないか。

ただ、それをオリオン太郎に質問しても、たぶん明快な回答は得られないだろう。何よりオリオン太郎が言うように、自分たちには彼らを理解できるだけの十分な知識がない。

格納庫からの通路を一〇メートルも進むとエレベーターがあった。ホテルにあるような小さなものではなく、一辺五メートルはありそうな立方体の箱である。ピルスの格納庫に通じているから、主な用途は機械類や積載物資の搬入搬出用と思われた。

エレベーターの床も天井も周囲の壁も、フエルトのような柔らかい素材で覆われていた。おかげで何階を移動しているのかわからない。階数を表示するものは何もない。

そして移動時間は妙に長い。昇降速度がそれほど速くないのは体感でわかるのだが、それでも長すぎる。格納庫が船の頂上付近なら、エレベーターは船底に向かっているのか？

一分ほども移動すると、エレベーターは止まり、船底にある船倉についた。地球に降下してきたばかりだからか、バスケットボールができそうなほど広い空間には、物資らしい物資がない。ただ、船倉の中央に一辺が四メートル弱の金属製の立方体型のケースがあった。

「ご紹介します、日本の諸問題を解決するための材料です」

オリオン太郎がそう言うと、ハスの蕾が開くように金属製ケースは展開し、中身が明らかになる。それは金塊だった。金属ケース一杯に詰まった四メートル立方の金塊だ。

「ほぼ完全に純粋な金塊です。使いやすいように棒状に切断してますが、質量として一〇〇〇トンあります。我々の知る範囲で、これは地球で一年間に産出される金の総量とほぼ等しい」

桑原は一〇〇〇トンの金塊を前に言葉もない。それは隣にいる猪狩も同様だった。

「猪狩、一〇〇〇トンの金塊って幾らになる？」

数字に強い猪狩は、桑原に即答してくれた。

「金地金の市場相場の変動は欧州大戦からこっち激しいが、最新の相場で換算すれば七億五〇〇〇万円だ。確か今年の国の一般会計の総額が六〇億円行くかどうかって水準だったはずだ。去年の海軍予算の総額が八億円ほどだから、この金塊で帝国海軍を一年間好きなように動かせる」

桑原も海軍将校であるから、海軍予算のなんたるかは猪狩よりも理解しているつもりだ。海軍予算とは軍艦の建造費だけでなく、それを機能させる海軍組織全体の予算だ。日常の糧食から、燃料からチリ紙までの消耗品、人材育成のための学校や補助金などの一切合切を含む。それに必要なだけの金塊が目の前にある。

「秋津さんには説明したんですけど、あの人に金塊の話をしても、いまひとつ反応が薄いんですよね」

オリオン太郎は金の立方体の中から、一本の延棒を取り出し、桑原に渡す。オリオン太郎は軽々と持っているが、渡された桑原はずっしりとした重みを感じた。

桑原も秋津の報告書で、オリオン太郎が小判を見せて、大使館開設のあかつきにはオリオン集団が日本に金塊を提供する用意があるという話は知っていた。

しかし、どうも秋津はその話の意味を十分に理解していなかったか、本気にしていなかった節があり、オリオン太郎も秋津に対してはあまり積極的ではなかった。

いま秋津はソ連に行っており、後任には桑原と猪狩が残っているのも、オリオン集団が金塊による工作を行う上で、経済がわかる人材が必要と判断されたためではないか？

仮に桑原の考えが正しいなら、人間には行き当たりばったりに見えるオリオン太郎の行動も、実は深慮遠謀が背景にあるのかもしれない。

「これは我々が日本政府に提供できる金塊です」

オリオン太郎はそう言ったが、桑原はそこで冷静になった。飛行機畑の海軍将校だが、海軍省軍務局に勤務していた時期もあるのだ。オリオン集団の金塊は確かに日本にとっては魅力的だが、具体的に国庫に納めるとしてどうするのか、それはなかなか厄介な問題だ。

陸海軍統合参謀本部のメンバーには大蔵大臣は含まれていないが、法律により国務大臣を必要に応じて加えることは認められている。だからそこは問題にはならない。

問題は陸海軍統合参謀本部がこの金塊を使うとして、国家予算に組み込まねばならないが、それをどう行うかという問題だ。単純に比較できないが七億五〇〇〇万円という額面は、第一次世界大戦頃の日本の国家予算に匹敵するのだ。さらにオリオン集団に関する秘密保持の問題も忘れるわけにはいかない。すべてにおいて前例がない。

短期的には臨時軍事費特別会計に組み込むのが良さそうに思えるが、それとて一時凌ぎだ。

オリオン集団の金塊提供など誰もが半信半疑であった。それはそうだろう、小判一枚でトン単位の金塊の提供を信じろという方がどうかしている。だが誰もが、交渉相手に人間の常識が通用しないことをついつい忘れがちだった。

昭和六年にイギリスが金本位制度から離脱し、日本を含む諸外国がそれに続いた。そして昭和八年にアメリカの離脱によって、金本位制度は完全に崩壊し、世界は管理通貨制度になった。

だからこの金塊を通貨として活用するためには、日銀の保有にするしかないが、一〇〇〇トンの金塊を処理するのは別に法律でも作らない限り簡単にはいかない。金塊の出自を問わないとしても、一〇〇〇トンあるからと通貨を発行しまくれば深刻なインフレが起こることも考えねばならない。

もちろん一〇〇〇トンすべてではなく、少しずつ一般会計に溶かし込むという手もないではない。平時ならそれが一番妥当だろう。しかし、いまは戦時体制であり、資金は幾らあっても足りないほどだ。時間という要素は無視できない。

こうした問題では奇策が成功した例《ため》しはなく、正攻法で対処するのが一番安全だ。そうなると日銀引き受けで公債を発行し、その公債を市中消化させるというある意味で平凡な方法になる。その市中消化を可能とするだけの金融緩和も行わねばならない。さもなくば大量の公債発行で市場は混乱に陥るからだ。そしてこうした施策を実行するための原資に、この金塊を充当するという面倒な手順となるだろう。

ただこの方式だと、陸海軍統合参謀本部が直接これらの金塊を操作することはできなくなる。

もちろん政府が自ら公債を市中消化するという手段もなくはない。だが日銀を介した消化では金融システムの中で信用創造がなされるのに対して、政府による市中消化ではそれは期待できない。日本経済全体の拡大を求めるなら、やはり日銀引き受けとなるだろう。

桑原はそこまで考えたとき、ある疑問が浮かんだ。オリオン集団は世界の経済システムをどこまで理解しているのか？　理解できていないから金塊を持ち込んだのか？　それとも十分理解した上で持ち込んだのか？

ただ、直接この質問をしても求める回答は得られないだろう。ここはやはり事実関係の積み重ねから攻めてゆくよりない。

「オリオン集団が保有する金塊はこれがすべてなのか？」

桑原は確認する。むろん彼らがこれ以上の金塊を保有することを予想しての質問だ。そしてオリオン太郎はそれを肯定した。

「うーんと、僕らと地球の人たちは、金という金属に対する認識が違うみたいなんですけど、工業部材として腐食に強いとか便利な特性があるので、まだまだ金塊はありますよ。まぁ、いわゆる貴金属としては銀と白金の方が多いかな」

桑原にとっては、オリオン太郎が金や銀を資産や富ではなく、鉄や銅のような工業材料として解釈するという事実は驚きだった。場違いかもしれないが、本当の金持ちとはこんなものかとさえ思ったりもした。

しかし猪狩は、桑原とは別の視点でこの問題を見ていた。

「君たちの富は、地球のすべての富よりも大きいのか？」

「それは重要な質問ですか？」

桑原は初めて、それがオリオン太郎からの「質問をするな」というシグナルに感じられた。この質問だけは、いつものヘラヘラとした口調とは違って聞こえたからだ。

「重要だ。金塊一〇〇〇トンは、世界の金の生産量に等しい。これを日本が活用すれば、世界がいかに管理通貨制度といっても、その金相場は大きく影響を受けるだろう。

もしもその金塊が一万トンとなれば、世界は深刻なインフレに見舞われかねない。君らの金塊には、世界経済を大混乱に陥れるだけの力がある」

「それで？」

桑原が知る限り、オリオン太郎がこんな反応を見せたことはなかった。そのことに気が付いたのか、猪狩も口調を改める。

「少し専門的になるが、一六世紀の後半、中国が輸入していた銀は四七トンほどで、このうちの六割は日本の銀山から供給されていた。この時代、日本は世界有数の銀輸出国だった。

一八世紀に入ると中国の銀輸入量は一六〇トンになるが、そのほとんどが新大陸からの銀だった。この一世紀半の間に起こるのが価格革命だ。新大陸からの大量の銀の流通により、世界の物価は二倍から三倍に急騰した。

交通手段は帆船だけで、世界経済の結びつきも、市場の構造も単純だった時代でさえ、銀の供給過剰はこれほどの影響を世界にもたらした。

今の世界はその時よりも遥かに国家間の結びつきも貿易量も多い。そこに君らが大量の金塊を投入すれば、世界経済はどれほどのダメージを受けるかわからない。オリオン集団はドイツ国防軍のカナリス大将に働きかけて、独ソ戦を回避しようと動いていたと解釈している」

猪狩は話を一度そこで止めた。猪狩が何を逡巡しているのか、桑原にも理解できた。九月二九日にはヒトラーが暗殺され、一〇月二日にはスターリンもまた腹心の部下に暗殺された。ただ、スターリンの場合は事故死という報道もあった。

いずれにせよ、この偶然とは思えない独裁者二名の死去は、オリオン集団と無関係なのかどうか？　猪狩はそれを確認したいのだろう。桑原も猪狩との話し合いで、この件は今はオリオン太郎に尋ねないと決めていた。

理由は、ヒトラーにせよスターリンにせよ、その死亡時の詳細がはっきりしないからだ。おそらく一番情報に通じているのはオリオン集団だろうが、事件との関わり合いが不明な相手に、情報不足のまま問いただすのは不利だろう。

しかし、オリオン太郎は意外な反応をした。

「もしかすると猪狩さんも桑原さんも、ヒトラーさんとスターリンさんの死亡に僕らが関わっているのか気になっているんじゃないですか？」

桑原は猪狩と顔を見合わせた。

「どうなんだ、そこは！」

猪狩が勢いこむが、オリオン太郎はやはりオリオン太郎だった。

「関わっている、の定義次第だと思うんですよ、こういう問題は。広く解釈すれば、猪狩さんや桑原さんも関係者ですよね？　ヒトラーさんやスターリンさんに手を触れるような意味では、僕らは無関係となります」

悪気がない（それ以前に感情があるのかさえ不明だ）のはわかるが、オリオン太郎の態度は桑原をいつも苛立たせる。

「ではオリオン集団は、何者かがヒトラーやスターリンを殺害する、あるいは事故に遭遇することを知っていたか？」

桑原は細かい点から事実関係を確認することにした。オリオン集団相手には、そうした対応が必要だろう。

「知っていましたよ。こういう事態が起こる蓋然性《がいぜんせい》は予想の範囲内です」

桑原は遠回しな言い方を自分なりに再構築した。

「つまりオリオン集団は、ヒトラーとスターリンの死去を、いずれこの二人は死ぬと予測していたということか？　どうやって予測した？」

「まずヒトラーさんですけど、暗殺するような人間が増える方向でカナリスさんが宣伝をしていたわけです。ソ連との最終決戦は近い！　みたいな。大多数はヒトラーさんを支持しても、終わりのない戦争に危機感を抱く人も出る。

そういう人間の母集団が十分大きければ、一定割合で暗殺を考える集団が生まれ、その中から実行する人間が何人か生まれる。暗殺の試行回数が増えれば、遅かれ早かれ成功する理屈です」

「カナリス部長が、風が吹けば桶屋が儲かるような、そんなシナリオを考えていたというのか？」

桑原もカナリス本人と話をした人間だけに、オリオン太郎の話は信じがたかった。

「考えたのかというなら、カナリスさんは考えてました。僕らにもそういう方法が可能かどうかの確認を依頼されたので、確率などを計算して、可能だと返事はしましたけど」

桑原は猪狩に視線を向けると、彼は渋い表情になっていた。おそらく猪狩から見れば、自分も同じ表情だろう。

地球人の一般常識では、それは「深く関わっている」ということだが、オリオン集団にとっては、「尋ねられたことに返答しただけ」という認識なのだろう。ここの認識の違いを追及しても、不毛な議論に終わるだけなのは過去の経験からわかっていた。

「スターリンはどうなのだ？　そもそもあれは暗殺か、事故か？」

桑原の問いかけに、オリオン太郎は爆弾を投げてきた。

「どうでしょうね、モロトフさんが何を考えていたかによりますね。僕らはモロトフさんじゃないからわかりませんけど」

スターリン死去の黒幕は外相のモロトフである。オリオン太郎の発言を素直に解釈すればそうなる。しかしそれは、下手な公開をすれば、再びソ連で粛清による多数の犠牲者を生みかねない。

そんな桑原の気持ちなど気にせずにオリオン太郎は続ける。

「ツポレフさんが、新型のエンジンを開発したんです。それをスターリンさんの飛行機に取り付けた。軍隊への訪問だから、高性能機を見せつけたかったようです。

それで自動操縦に切り替えたら、自動操縦装置は既存のままなので新型エンジンの特性が合っていなかった。水平飛行するはずが、速度が上昇するので高度も上昇するようになっていたんですね。それで乗員が酸欠になって墜落です」

「やけに詳しいな」

桑原のそれは、暗にオリオン集団が墜落させたのではないかということを匂わせていた。ただ桑原が確認したかったのは、オリオン集団の関与そのものよりも、オリオン太郎が人間のこうした含みを持たせた表現を理解できるようになったかどうか、そちらである。

しかし、オリオン太郎は一筋縄ではいかなかった。

「スターリンさんの乗ったＤＣ３をピルスが観察してましたから。ツポレフさんからもエンジンデータを集めてほしいと頼まれていたんです」

「飛行機が墜落するのに、助けなかったのか！」

「ピルスに墜落機を助ける能力なんかありませんよ。パイラならやりようもありましたけど。それに事故にせよ、暗殺にせよ、それは地球の人が地球の人に行ったことです。政治的に大きな影響があるような事例に対して、僕らが手を触れたら駄目じゃないですか。みなさん、内政干渉は嫌いですよね？」

桑原は憤《いきどお》りを覚えたものの、オリオン太郎に対して適切な反論ができなかった。暗殺されようとする人間を助けるのも内政干渉と言われればそれまでだ。人道的という話をすれば、逆に果てしなくオリオン集団に内政干渉の機会を与えかねない。

「ヒトラーさんとスターリンさんの死亡への僕らの関わりはこんな感じです。それで猪狩さん、先ほどの話の続きは？」

猪狩はどこから独裁者の話になったのか、思い返しているようだった。

「ええと、オリオン集団の行動は独ソ戦の可能性を小さくした。だから自分には、内政干渉を可能な限り避けつつ、すべての戦争が終わる方向に世界を動かそうとしているように見える。

しかし、仮にオリオン集団の意図が恒久平和にあるとしたら、金塊を野放図に持ち込むことは世界経済にダメージを与え、やはり世界を戦争へと導くことになる。それはどうなのだ？」

オリオン太郎はにこやかに猪狩に話しかけようとしていた。桑原もオリオン太郎のそうした表情には、あまり意味がないことを最近学んでいた。

「大きな誤解があるようですけど、先ほども言いましたように、これが日本政府に提供できる金塊で、一〇〇〇トンあります。でも、一〇〇〇トンであって一万トンではありません。

だから野放図に金塊を持ち込むことで世界経済が崩壊するようなことはありませんし、それは僕たちが望むことでもありません。

むろん一〇〇〇トンの金塊が世界に何の影響も及ぼさないということもないでしょう。しかし、それは破局とは異なりますよね」

「しかし、一〇〇〇トンの金塊が一度に市場に流れれば……」

猪狩がそう言いかけると、珍しくオリオン太郎はそれを遮《さえぎ》った。

「ええと、僕の日本語の問題かもしれませんけど、どうして一度に一〇〇〇トンの金塊が市場に流れるという話になるのですか？　日本政府に提供できる金塊の最大値は目の前の一〇〇〇トンであるということですよ。

提供することが可能である、と、提供するは意味が違うと思いますけど」

桑原は猪狩の表情に、鳩が豆鉄砲を食ったようとは、どんな顔なのかを目《ま》の当たりにした。ただ、それで自分たちの話が嚙み合わない理由も見えてきた。

「つまりあれか、オリオン集団は日本政府に金塊を提供する用意があると言ったが、最大でも一〇〇〇トンであり、現実にどれだけ提供するかは君らが判断するというのか？」

桑原の指摘に、オリオン太郎は何度もうなずく。

「僕は最初からずっとそう言っていたつもりだったんだけどなぁ。大使館って交渉のための場ですから、提供する金塊についてもここで交渉して、量とか期日を決めると考えるのが普通じゃないですか？　皆さんだっていきなり一〇〇〇トンの金塊を受け取っても困るでしょ？」

じっさい桑原はそう思っていただけに、居《い》た堪《たま》れない気持ちになった。

「ただ、一〇〇〇トンというのは暫定的な数字です。状況の推移によっては、それこそ一万トンに増えるかもしれませんし、逆に一〇〇トンに減ることもありえます。まぁ、状況的に減ることはないでしょうけど。

その辺は交渉次第ですし、こうして大使館もできたので、話し合いで決められるでしょう」

桑原はその言葉で、ある程度は納得したが、猪狩は違う視点でものを見ていた。

「この一〇〇〇トンの金塊は、日本政府に提供するというものの、使い道についてはオリオン集団が決める。日本政府が望んでも、君らが反対すれば使えない。それどころか、君らがこの金塊をどう使おうと、日本政府には発言権はないということか？」

「そうですよ。だって、僕らの金塊なんですから」

理屈では確かにそうである。桑原は目の前の一〇〇〇トンの金塊に浮かれていた自分が恥ずかしくなった。

「こんな手間をかけるより、偽札を刷った方が簡単じゃないのか？」

猪狩がいささか八つ当たり気味に言う。

「どこの国でも偽札は犯罪じゃないですか。それに金塊の方が信用があるんですよ、紙幣より」

犯罪というならパスポートの偽造も犯罪であるが、桑原も猪狩もそれを指摘する気は失せていた。価値観の違いをまたもや感じるだけだ。

金塊の話はそこで終わり、二人は船倉からエレベーターではなく、トロッコのようなものに案内された。船倉は高さ一〇〇メートル以上の巨大な箱だが、その壁にはトンネルのような三メートル四方の穴が空いている。トロッコはそこにあった。幅二メートル半、全長四メートルほどで、最前列にベンチがあるだけで、その後ろは荷台になっていた。

オリオン太郎が荷台に立ち、桑原と猪狩がベンチに腰掛けると、トロッコは音もなく前進する。トンネル内には照明はなく、トロッコのベンチだけが淡い光を放っていた。

全長三五〇メートル以上ある船だけに、船内の移動にはこんなトロッコのようなものが必要なのだろう。桑原は空中要塞パトスでも施設内を移動するための乗り物を見たが、いま乗せられたトロッコはそれとはずいぶん違っていた。

パトスの電車は人が移動する道具だが、このトロッコは物資の移動が主たる用途に思えた。

「お二人は、この装置をなんだと思いますか？」

「トロッコかな」

桑原がそう言うとオリオン太郎は、これがトロッコという名前だと宣言した。自分らで命名するより地球人に決めさせた方が早いとの結論だろう。

「パトスのは電車、ジン・ガプスのはトロッコと呼びますね。最下層にはこの一両ですけど、ここから上には左右両舷に、船首と船尾を繋ぐトロッコが上中下と三組あります。前後の移動はトロッコ、上下の移動はエレベーターで行います。

お二人はしばらくここに滞在していただくので、移動手段には熟知していてください。

お二人の生活データが蓄積されましたので、自室で快適に過ごせるかと思います」

この発言には桑原も猪狩も驚いた。

「そのために、我々を一ヶ月も観察していたのか？　大使館の人間とするために？」

桑原がそれに拘るのは、ジン・ガプスを用意する時点で、自分や猪狩を大使館業務に就けることを織り込み済みだったのかが気になるためだ。それはつまり、オリオン集団には人間には理解できない大戦略があり、自分たちはその戦略の上を駒として動かされているかどうかということでもある。

「それは矛盾でしょう」

オリオン太郎は言う。

「お二人が大使館職員として適切だと判断できるだけの知識を我々が持っていたならば、あなた方の生活習慣を一ヶ月も観察する必要はないわけです。我々はいまもって人間を学んでいる最中であるというのが実情です。未だに誤差が埋められないのですから。ただ、現時点で我々が接触した地球人の中で、大使館関係者として適性があると判断できたのがお二人なので、お招きしたに過ぎません」

桑原はその言葉の意味を聞き逃さなかった。

「オリオン集団は、すでに相当数の日本人と接触してきたというのか？」

「日本人に限りません。ジン・ガプスに開設される大使館は我々のものですから、職員も世界中から公募できる。桑原さんだって、大使館を地球人二人で切り盛りできるとお考えではないでしょう？」

「まぁ、それはそうだが」

桑原は猪狩と顔を見合わせた。実は陸海軍統合参謀本部の発足と並行して、陸軍の古田中佐を中心に、大使館の機構について青写真は作られていた。それがそのままオリオン太郎に受け入れられないとしても、交渉のための叩き台にはなるという考えからだ。

しかし、それもジン・ガプスが地球に降下するまでだった。乗員数で一万になろうかという巨船で大使館という機構が働くなら、用意した青写真などまったく無意味となるからだ。想定した定員数が二桁も違う。

オリオン太郎にしても、大使館の具体的な機構などについては「まず開設が決まってから、話し合うべきでは？」というだけで、彼らの構想を明かしたりはしなかった。

「最初から、ジン・ガプスを大使館にするつもりだったのか？」

「いえ、我々も世界について知らないことが多いですから、大使館をどうするかは幾つも案が出て、計画は常に修正されていました。いまだから言いますが、ソ連やドイツに設置することも計画の中にはありましたよ。あるいはアフリカとか」

オリオン太郎は、日本に大使館を開設したのは少なからず偶然の産物であることを匂わせた。

「アメリカという選択肢はなかったのか？」

猪狩の指摘は、桑原も気になっていた。秋津の残した記録でも、オリオン集団のアメリカへの言及は不自然に少なかった。

「ありませんでしたね」

オリオン太郎はアメリカ絡みだと返事も短い。

「大使館には二〇人から三〇人の地球の方を招く予定です。それから状況を見て人は増やしますけどね」

桑原は、オリオン太郎に大使館という言葉の意味を十分に確認しなかったことで、自分たちの持つ言葉のイメージに引きずられたのではないかと思った。

だから自分たちは、日本に置かれるオリオン集団の大使館は、オリオン集団側と日本人職員だけで運営されるということに疑問を感じていなかったのだ。

「どんな人間を集めるつもりなんだ？」

桑原は尋ねる。人選内容によっては、日本として反対しなければならないからだ。

「老若男女の別なしです。我々の選考基準に合致して、本人の希望があれば」

「くどいようだが、選考基準さえ満たせば誰でもいいのか？」

「それが老若男女の意味では？」

オリオン太郎は言う。猪狩はそれを聞いて何か考え込んでいる。桑原も抗議すべきかどうかわからなかった。日本政府としては、オリオン集団との関係を独占することが国益になると考えている。しかし、それは大きな間違いであったようだ。

日本政府の思惑がどうあれ、どこの国と組むかを決めるのはオリオン集団である。決定権は彼らにある。そんな桑原の考えを読んだかのように、オリオン太郎は言う。

「有力候補の一人は日本人女性です」

＊

昭和一五年九月七日。鮎川悦子はピルスに乗せられ、移動していた。

「もうすぐ、到着です」

オリオン二郎はニコニコと悦子に説明する。ピルスの客席の床はガラスのように透過しているので、下の様子はよくわかる。腕時計などという洒落《しゃれ》たものは持っていないので、何時間乗っていたのかはわからない。わかるのは野戦病院から飛び立ち、東に移動して東シナ海に出てから、南下を続けていることだ。太陽の位置から判断するとそうなる。

もしもピルスが同じ経度を維持しているなら、太陽の高さから判断して三時間ほど南下していることになる。野戦病院から計測すれば四時間弱くらいか。ランドマークの少ない世界で暮らしているため、悦子は天測にはそこそこの自信がある。

「しかし、珍しいですね」

オリオン二郎は悦子から五メートルほどの距離を置いていた。椅子に座ることなく、ずっと立ったままだ。ただ時々、飴のようなものを舐めている。そんな彼が言う。

「普通の人はピルスに乗ると、あれこれと質問してきますよ？　でも、鮎川悦子さんは平然となさっている」

「わざわざ飛行機をあつらえて私を運ぶからには、とって食らおうというわけじゃないでしょ」

「そういう反応の人は初めてです。さて着いたようです」

オリオン二郎は透明な床の一角を指さす。そこには大海原の上に瓢箪《ひょうたん》のような円が二つ繋がっていた。島かと思ったが、それらしい起伏はなく、大きな瓢箪形の板に見えた。

床の景色は消えて、下の様子は見えなくなった。ピルスはそのまま降下しているらしい。

微かな衝撃を感じた時、オリオン二郎は着陸したことを告げる。ピルスの側面に扉が開く。

「海だわ！」

悦子はピルスから飛び出していた。彼女が海を見た記憶といえば、両親に連れられて大連に行った時の港の景色が唯一だ。それとて、日差しを浴びたエメラルドのような海面ではない。そこはさっきの瓢箪の上なのはわかったが、三六〇度のパノラマで海が広がっている。

彼女は海岸を求めて走る。二〇〇メートルほど走って、島の断崖にでた。そして足を止める。思いっきり海に飛び込もうと駆け出してきたが、自分のいる崖の上から海面までは少なく見積もっても五〇メートル以上ある。もしかすると一〇〇メートル近いかもしれない。

しかも崖の垂直面は硯《すずり》のように綺麗に整形され、足場となるようなものは一つもない。ここから落ちたら溺れ死ぬだろうし、死ななかったとしても崖を這い上がるのは不可能だ。

悦子はやっと冷静になって周囲を見渡す。驚いたことに、彼女を乗せていたピルスの姿はない。上空にも姿がないから、地下に収納されたのだろう。地面の上には、自分とオリオン二郎しかいない。

「ここは地球の単位でいうと、直径四〇〇メートルと三〇〇メートルの同心円を繋いだ形状で、円の重なる部分もあるため全長は六〇〇メートル、施設の厚みは七〇メートルほどあり、そんな瓢箪形の板のようなものが、海面下にある多数の浮力柱により支えられています。柱の上部は概《おおむ》ね海面より一〇メートル高いので、ここから海面まで八〇メートルはある計算になります」

オリオン二郎は白いスーツ姿のまま、鮎川悦子に近づいてくる。

「ここは何という島？」

悦子の真意は、ここはどこか？　なのであったが、こんな体験は初めてなので、いうべき言葉が思いつかなかったのだ。

「鮎川さんも名前ですか。どうして地球の人は物の名前を知りたがるんでしょう。識別さえつけば同じことなのに。

ええと、それでしたら、この島はズン・パトスにします」

オリオン二郎はニコニコと飴を舐めながら説明するが、悦子には結局ここがどこかわからない。

「フィリピンの近くだとは思うんだけどさぁ」

悦子は生まれてこのかた飛行機と名のつくものに乗った経験はない。飛行機どころか自動車でさえ数えるほどで、トラックの荷台で村人たちと移動するくらいだ。移動に使うのはほとんどの場合、馬である。

だから彼女にとって人生初の飛行は、旅客機でも軍用機でもなく、オリオン集団のピルスとなった。

あの野戦病院からオリオン李芳と李四に促されるように、悦子は近くの空き地に着陸している金属製の平屋のようなものに乗せられた。それがピルスという飛行機だ。もっとも八路軍の隊長だった李大榫は、頭上にあったピルスを「あれはロケットだ」とも言っていた。「鮎川悦子は、ロケットに乗るのだ」と。

どうやって入ったのかも記憶は定かでないが、そこは小さな倉庫のような空間で、窓の側に汽車の座席のようなものがあった。医学を学んだ学生時代を除けば、彼女の生活史の中には機械という存在は乏しかった。村には電気さえ通じていないことがすべてを物語る。

機械らしい機械といえば、村に一台だけの年季の入ったフォードのトラックだろう。数十キロ離れた町から物を運び、村からは人を運ぶ。そんな彼女からすれば、ピルスの卓越した性能もピンと来なかった。

オリオン李芳と李四はピルスには乗り込まず、悦子が乗るとそのまま野戦病院へと戻ってゆく。その様子を八路軍の兵士たちが遠巻きに見ていた。ドアが自動で閉まると、ピルスはそのまま上昇する。

窓からは別のピルスが滞空しているのが見えた。おそらく彼女が最初に目撃した機体だろう。

「驚かれましたか？」

いつの間にか悦子から五メートルほど離れたところに、白いスーツの男が立っていた。東洋人なのはわかるが、人種はわからない。綺麗すぎる日本語で話しかけてきたので、悦子は彼にとって日本語は外国語ではないかと思った。

「あなたは誰？」

「鮎川悦子さんの……そうですね、世話と教育をする役割を担うオリオン二郎です」

そんなふざけた名前の人間がいるはずもなく、偽名とわかったが、本名を明かしたくないならそれでいい。

悦子の村の周辺だって匪賊《ひぞく》や山賊さらには関東軍の間諜、時には満鉄経営の鉱山から逃げてきたような人もいて、正体を明かせない類の人間は珍しくなかった。

悦子自身も満洲医科大学専門部で学んでいたときには、満洲人のような偽名を使っていたほどだ。みんなそれぞれ事情があるのだ。

「オリオン二郎がいるからには、どこかにオリオン一郎とかオリオン三郎もいるわけ？」

悦子は冗談のつもりだったが、オリオン二郎は真面目に解釈したらしい。だから彼女には意味不明のことを言う。

「一郎も三郎もいません。何というかな、オリオン太郎というのが先にいて、僕はそのブランチです。だからオリオン太郎と名乗ってもいいんですが、みなさん混乱するからオリオン二郎です」

オリオン二郎からすればは説明になっているのだろうが、悦子にはさっぱりわからない。ブランチとは枝のことだから、双子かなと漠然と思っただけだ。

さすがに悦子も、ピルスが人間に作れるようなものではないことくらいはわかった。飛行機に乗ったことはなくても、日本軍機が飛んでいるのは見たことがある。

軍用機は最先端技術を投入して作るという。しかし、それらはピルスよりも華奢《きゃしゃ》で一回りも二回りも小さい。垂直上昇もできはしない。ならば外国機かといえば、それも考え難い。欧米の航空機技術は日本よりも優れているとしても、ここまで技術力の差があるとは思えない。日本だろうが欧米だろうが、しょせんは同じ人間だ。

それにヨーロッパではすでに戦争をしているのだから、これだけの技術があるならば実戦投入されていなければおかしいだろう。

悦子がピルスを比較的冷静に受け止められたのは、修羅場で感情的になっても良いことはないという経験則と、彼女自身が無意識のうちに、こうしたある種の超常的な状況を待ち望んでいたためだろう。

彼女が子供の頃に聞いた昔話の中には、旅人が人間界から仙郷に迷い込むようなものが多かった。仙郷そのものは、物語によって内容は違った。ただただ牧歌的な世界もあれば、巨大な船が空を飛び交うようなものもあった。悦子は両親から話を聞くたびに、そんな世界を空想していた。

だからこの世のどこかに人間の常識が通用しない世界があり、そこから人間には作れない神の領域の乗り物があるという考え方も抵抗なく受け入れられた。ピルスの存在はまさにそれだ。

さすがにオリオン二郎が仙人であるとは悦子も考えはしなかったが、それに近い存在ではないかとは思った。信じがたい話であるが、それをいえばピルスの存在自体が信じがたいではないか。

「あなた方は天上界から来たの？」

悦子はその質問への返事はあまり期待していなかった。彼女の質問の真意は、人間界以外から来たのかどうかというものだったからだ。ただ、それを表現するうまい言葉が見つからなかったのだ。質問が間違っているなら、求める返答が来るはずもない。

「そういう表現はできると思います。天空の果てから我々はやってきました」

オリオン二郎がそれを認めたことで、悦子は却《かえ》って混乱した。

「自分は仙人だというの？」

それに対してオリオン二郎はこう返答した。

「オリオン座の方から来ました地球外人です」

そうして鮎川悦子はズン・パトスまで連れられたのだ。


「宇宙には地球のような星がたくさんある。そんな話は読んだことがあるわ」

それがどこで仕入れた知識なのか、悦子もはっきりしない。知識欲旺盛ではあったが、医者の仕事は忙しく、さらに満洲の田舎では本も簡単には手に入らない。

そんな彼女にとっての貴重な情報源は、村で唯一の雑貨屋だった。主に輸入雑貨を大連などから仕入れている店で、扱う商品も幅広い。診療所の医薬品の貴重な入手先だ。ここで手に入らねば、往復で一〇〇キロの道のりを都会まで馬を飛ばさねばならない。雑貨屋には旧式でもフォードのトラックがある。

医薬品その他はガラス瓶などに入れられているが、梱包材にはアメリカ製の古雑誌や新聞がねじ込まれていることが多い。悦子はそれらを貪《むさぼ》るように読み込む。幸いにも医師の勉強の傍らで英語は学べたので、彼女はそれらを読むことができた。

内容はバラバラで「村のジョンさんの家で仔牛が産まれました」のようなものからルー

ズベルトの「隔離演説」全文が載っているものまで幅広い。おそらくそうした記事の中で星のことを読んだのだろう。

その程度の知識であったが、オリオン二郎は悦子の飲み込みの良さに感動しているように見えた。

「鮎川さんのように拒否反応を示さない人は初めてです。天文学者でもこうはいきませんでした」

「知り合いに天文学者がいるの？」

悦子の質問にオリオン二郎は、一瞬だが動きが止まった。

「おりますが、視点がやや狭い傾向にあるようです」

そう言いながらオリオン二郎は、悦子を崖から内側に誘導する。二〇メートルほど移動すると、悦子とオリオン二郎の立っている部分を中心に直径五メートルほどの円盤が沈み始めた。

円盤は三メートルほど下がって、いままでいた甲板よりも一層下の空間で止まった。二人が降りると円盤は再び上昇し、天井と一体化した。

悦子は、円盤は下から棒で突き上げられていると思っていたが、そんな機構はない。つまり円盤自身が昇降していたようだった。

しかし、彼女はそんなことよりも前方の景観に感動した。上からではわからなかったが、瓢箪形の島の崖は、内部から見ると一面がガラス張りになっており、太平洋を一望できた。

窓に駆け寄った悦子は、そこでようやく、その場所の構造を観察する余裕を取り戻した。崖の窓部分は、どうやら島を一周するように続いているらしい。窓は幅一五メートルほどがラウンジというかひと続きの通路と接していた。奥の壁の向こうはわからないが、少なくともピルスを収容できる程度の空間があるのだろう。

「ここにいるのはあなただけ？」

そんなはずがないことは悦子にもわかる。ここは仙郷の類ではなく、新京や奉天のような大都市に作られた鉄筋コンクリートのビルと同類のものだろう。そして大きさも、ちょっとした都市の一角くらいある。一〇〇〇や二〇〇〇の人口がいても不思議ではない。

にもかかわらず悦子が会ったのはオリオン二郎一人だけだ。しかも彼はピルスに乗ってきたから、この施設の人間には誰も会っていない。

「もちろん僕の仲間は中で働いています。ここは一時的な収容施設です。ウルシー環礁という日本の委任統治領に建設した基地の設備や人員をここに移動させる予定です。日本の艦隊がウルシー環礁に向かっているので。まだ移動前なので、ほとんど人員はおりません」

「一時的なというと、本拠地は別にあるの？」

「そこはいずれお連れすることになると思います」

そしてオリオン二郎は、改めて悦子に尋ねた。

「我々の社会には、鮎川さんのような医者という存在はおりません。それで伺いたいのですが」

「何を？」

「不老不死に興味はございますか？　僕らのような」

4章　妥協の成立

鮎川悦子はオリオン二郎の案内で、展望台のようなラウンジから、壁の向こうにあるズン・パトスの内部へと向かった。

「街があるの？」

ラウンジから壁を抜けたなら、廊下なり会議室のような場所に案内されるものと悦子は思っていた。彼女の大きな建物のイメージは、ほとんどが学校であったからだ。

彼女が診療所を開いていた村などは、戸数も少なく、屋敷と呼べるような家屋も少ない。一般家屋は、居間を中心に左右に二部屋ずつ配置するような間取りが一般的だ。

少し裕福な家だと、中庭を囲うようにコの字型に部屋を配置するくらいだった。彼女の診療所もそうした古民家を村から提供されたもので、公共施設といえば小さな学校くらいしかなかった。

しかし、目の前の光景はまるで違った。壁の向こうは、渓谷を思わせる断崖絶壁と巨大な空間だった。瓢簞《ひょうたん》形の小さい方でも直径三〇〇メートルとオリオン二郎は言っていたが、それが深さ五、六〇メートルの円筒形の空間となっていた。その円筒の内壁にテラスが作られており、悦子たちはそこにいたのだ。

ただその円筒空間には幾つもの建物が配置されていた。物資が積み上げられているのではなく、都市のように背の低いビル群が並んでいたのだ。

それでも全体の印象は、ここが何かの施設というより都市であると解釈する方が自然な気がした。空間の中心部には比較的背の高いビルが壁のように並んでおり、全体の構造がどうなっているかはわからない。テラスの曲面から、ここが円筒の内部とわかるだけだ。

ビルの中には直径五〇メートルほどの円筒形のものがあったが、その頂上にはピルスが駐機していた。他にピルスの姿は見えないので、彼女を乗せてきたのはあれだろう。

オリオン二郎に促されるまま、悦子は円筒内部のテラスを歩く。円筒空間の中心部はビルに囲まれ、テラスからはその空間の中までは見えない。

そうして悦子は大きな壁に突き当たる。壁は不透明なガラスのような物質で、テラスはそこで断ち切られている。そこからは円筒の反対側も見えたが、行手を阻《はば》む壁はそこまで一枚岩のように続いている。どうやら瓢箪形の大きい方の円との境界がこの壁らしい。そしてこの壁にはテラスはついていなかった。

オリオン二郎が手を振ると、一番近くにあった窓のないビルから橋が伸びてきて、テラスと接合した。そのまま橋を進み、ビルの中に入った。

「研究室？」

「そうした表現で矛盾はありません」

悦子はピルスに乗ってからズン・パトスの中を案内されるまで、一つとして馴染み深いものを目にしていなかった。だがビルの中で初めて彼女は自分に理解できそうなものを目にした。

そこは一〇メートル四方ほどの実験室としか表現しようのない場所だった。四つの実験台が一列に並び、その上にはガラス器具のようなものが置かれている。部屋の隅には棚があり、そこにも試薬入れのようなケースが置かれていた。

それは基礎医学の実験などに用いる器具を連想させた。もちろん彼女には理解不能な機械も多い。一番わからないのは、等身大の人形のようなものが幾つか部屋の隅に置いてあることだ。

マネキンではなく、これに一番近いのは操り人形だろう。関節がいっぱいついていて、腕や指も自在に動くようになっている。とはいえ用途はわからない。

「鮎川さんならご理解いただけると思いますが、今の地球は数多くの死体で溢れている。死体の中には本国に送られて埋葬されるものもある。しかし、万単位の死体が放置状態にあります」

オリオン二郎の話に悦子はやや違和感を覚えた。彼女が知る限り、日本軍などは戦死者の回収には熱心だったはずだ。むろん例外はあるが、一般的な傾向はそう見える。悦子はそのことを指摘したが、オリオン二郎は彼女とは別の視点の事例をあげた。

「大西洋では毎日のように艦船が沈められています。そうした艦船の犠牲者だけでも万を数えるでしょう」

悦子は、オリオン二郎が言った「不老不死に興味があるか？」という質問がここに繫がることを直感した。彼らが人間とは違う存在なら、人間を研究したいと思うのは自然なことだ。

しかし、生きている人間を誘拐したりはしないだろう。自分のような人間をピルスに乗せるのにもこれだけ手間をかけているのだ。確かに自分はピルスに乗ることを拒否しなかったが、それは八路軍の捕虜であったためだ。

そうなると研究材料は死体となり、それを彼らは戦場から調達した。そう解釈できるだろう。

「あなた方はその死体を回収して人間を研究したというの？」

悦子は直球の質問をし、オリオン二郎は率直に返答した。

「戦場に捨ててある死体なんですから、僕らが研究してもいいはずですよね？　捨ててあるものは、拾ってよいのが地球の常識ですよね？」

「死体は特別なの。でも、地球の人じゃないなら知らなくても罪にはならないわよね、たぶん」

悦子はそれ以上はこの件を話そうとは思わなかった。人間じゃない相手なのだから、人間の倫理観を話しても意味があるとは思えない。それに自分たちの社会通念を忘れるなら、戦場に遺棄された死体を人間理解のための素材にするというのは、合理的といえば合理的だ。

そもそも自分たちだって医者の教育のためには、人体解剖が行われているのも事実だ。人間を知るために死体を解剖するという点では、地球の医者もオリオン二郎たちも違いはないのではないか。

それに戦場の遺棄死体を研究材料にすることの倫理を論じるなら、そんな死体が生まれる戦争はどうなのかという問題は避けて通れまい。

ただ、オリオン二郎が相当数の死体を研究していると匂わせるわりには、目の前の実験機器が真新しいことに悦子は気がついた。洗浄が完璧なのか、そもそも使われたことがないのか？

「あなたたちはどれほどの死体を研究してきたの？」

「たくさん行いました。こちらへどうぞ」

オリオン二郎が隣の部屋に案内する。そこはラウンジになっており、二〇メートル四方はあるように思われた。先ほどのテラスからは見えなかったビルに覆われた内側には、こうしたラウンジが用意されているらしい。

ただ、そこは殺風景だった。天井までの高さが五メートルほどある空間は、四面を白い壁で囲まれていた。

「説明より、実物を見ていただくのが一番でしょう」

悦子は一瞬、延々とつづく解剖台でも見せられるのかと身構えた。しかし、違った。目の前のラウンジの壁が瞬時に透明となり、悦子は高い位置から何かの機械を見下ろしているのがわかった。しかし、自分は何を見ているのか？

それが機械とすれば、全長は優に二〇〇メートル以上はある。この瓢箪の直径が三〇〇メートルだったことを考えれば、このエリアは目の前の機械で占められていることになる。

その機械は何かの台に据えられていた。両脇には、やはり全長二〇〇メートルほどの長さにわたり比較的背の低いビルが壁のように続いていた。このビルが幅五〇メートルほどの間隔をおいて三棟存在し、問題の機械はその壁と壁の間に固定されていた。

壁からは金属製の腕のようなものが二〇本ほど伸びて、機械の上で何かの作業をしていた。悦子にはその腕が機械というより生き物に見えた。

「ここで何を作っているんです？」

「製造じゃありません、修理ですよ」

オリオン二郎は言う。

「目の前にあるのは大西洋で沈んだ、ドイツの戦艦シャルンホルストです、隣にあるのはイギリスの空母グローリアス。海底に沈んでいたものを回収し、ここまで曳航してきました。

破壊された個所の修理が終わって、必要ならいつでも動かせます。この作業の過程で、多くの乗員の死体を回収し、分析できました」

その話を聞いて金属製の腕の間をよく見ると、戦艦や空母の上で何十人もの人が作業をしていた。特殊な作業着を着用しているのか、ともかくオリオン二郎とは服装は違う。

また軍艦の修理を行っているためか、轟音から耳を守るためか、全員がレシーバーのようなものをつけていた。

「ちゃんと、働いている人はいるんだ」

「あれはオベロですよ」

オリオン二郎は言う。

「オベロ？」

「我々……皆さんのためにオリオン集団と名乗っておりますが、その機構は地球社会のように人間だけでは構成されていない。僕らと起源の異なるオベロのような知性体も含まれているわけです」

「いわゆる五族共和みたいなもの？」

オリオン二郎は、一瞬だけ動きが止まったが、ごく短く答えた。

「理念だけを言えば似ています」

つまり現実世界の五族共和とは別物だと悦子は理解した。もっともオリオン集団が地球の実情をどこまで把握しているのか、それは彼女にもわからない。

「戦艦を地球を半周して運び込んで修理するより、オリオン集団なら自分たちで複製できるんじゃないの？　そもそも修理してどうするつもり？」

悦子は関東軍の動きはある程度イメージできるが、海軍のこととなればさっぱりわからない。それでもオリオン集団のやっていることは不合理だと思った。

ズン・パトスのような基地が建設できるなら、彼らなりの戦艦だって建造できるはずだが、なぜか沈没船を修復するという。

しかも、その戦艦たるや、大西洋からフィリピン海まで運んできたという。とてつもない労力だ。

「簡単にいえば、機械というものにはそれを作り上げた社会の文化や思考が色濃く反映されています。そこから人間社会のことを多く読み取ることができるんですよ。我々はシャルンホルストとグローリアスの修理を通して、そうした人間の思考法や性質を自分たちの知識として解析しているんです」

「戦艦や空母が欲しいから修理しているわけじゃないのね？」

「そういうことです。大きな軍艦は乗員も多いので、人間社会の構造を学ぶのにも最適なんですよ」

オリオン二郎の説明は、悦子の経験からも納得できる部分はある。同じ満洲でも民族の違いや経済力の差などで暮らしの文化はまるで違う。暮らしを見て、その家族がどんな人々か予想できることを考えれば、戦艦の修理で人間を知るという方法論は成立するだろう。

しかし、悦子には最初から感じていた疑問があった。これだけのものを見せられながら、彼女の疑問は解消されていない。

「オリオン集団が素晴らしい技術を持っているのはわかった。真剣に私たちを知りたがっているのも信じましょう。

ならば、あなた方はどうして私をここへ連れてきたの？　私は田舎のしがない医者よ。この世には私よりも優秀で経験深い医者は何万といるはずよ」

それは鮎川悦子の本心だった。卑下しているわけではない。電気も満足に通っていない満洲の寒村で診療所を開設する医師。社会に役立っている自負はある。しかし、どういう基準にせよ、オリオン集団が秘密基地に招待するほどの何かを自分が持っているとは悦子には思えない。

「僕らの基準が鮎川さんと一致するとは限らないでしょう」

「どういうこと？」

「我々に協力していただくためには、いくつかの条件を満たしている必要があるのです。いまのところ、すべてを満たしているのが鮎川さんだけなんです」

オリオン二郎は言う。どうやら何かの試験にパスしたということらしい。しかし、何に？　一つ思いあたるのは八路軍の通信隊から届いたとかいう暗号文を解読したことだろう。数列の規則性を統計的に分析して文章に置き換えるというのは、通常の暗号解読と思っていたが、知能検査の類《たぐい》とも解釈できる。

「あの通信隊の暗号のこと?」

「あれがすべてではありませんが、重要な条件の一つであります。実際、いまのところ解読できたのは鮎川さん一人とは言いませんが、それでも五人以内です、世界の中で」

どうやらオリオン二郎に褒められているらしいが、あんなもので褒められるとは驚きだ。

悦子の人生を振り返れば、周囲の色々なことを数学的に解釈する彼女の行為は、褒められるどころか馬鹿にされた。

さすがに両親は認めてくれたが、それ以外の大人からは、紙切れに一心に数字を書きつける彼女のような態度は知能に問題があると思われていた。歩きながら本を読んでいたら、両親に苦情が行ったことも一度や二度ではない。医者がいない村なのに郷里で診療所を開かなかったのはそれが理由だ。

だが、正体は不明だが、オリオン集団はそんな連中とは違うらしい。そこは悦子もオリオン二郎に好感を持った。

「もう一つ重要なのは、鮎川さんが医者であることです。あの数列を解読し、なおかつ医者でもあるのはあなただけなんです」

「あなた方の中にも医者くらいいるでしょ？」

悦子の問いに、オリオン太郎は首を振る。しかし、その首の振り方は、いささか取ってつけたような動きに見えた。

「説明が難しいので省略しますけど、オリオン集団には医者はいません。歴史記録が曖昧な時代にはいたらしいんですけど、いまはそうした存在はいない。だから人間の研究にも限度があるんです」

悦子は、オリオン二郎の言葉が意味する重要な事実を聞き逃さなかった。

「昔はあなたたちにも医者が必要だった。でも、今はいない。つまりあなた方はすでに不老不死を実現しているということ？　だから医者が不要なのね」

「不老不死かどうかはわかりません。消滅した個体もありますから。ただ僕はまだ死んだことはありません。

それよりも重要なのは、地球の皆さんを不老不死にできるかどうかです。鮎川さんの目の前にいる僕にしても、地球で活動するためにこの身体を調整しなければならないわけです。

僕らの技術を地球の人たちの不老不死に応用することは、技術的に可能だとの分析はできています。

しかし、我々は生きている人間のことはまったくわかりません。そもそも接触している人間の絶対数が限られている。人体の構造にしても我々の理解が正しいのかわかりません」

「オリオン集団くらいの科学知識があれば、人間の身体がどう動くかわかりそうなものだけど？」

悦子の指摘に、オリオン二郎はまたも首を振る。

「まず、僕らの研究素材はみんな死体です。しかも、死んでからそこその時間が経過しています。多くが沈んだ軍艦から入手しているので、細胞レベルで崩壊が起きています。解剖した組織も完全ではありません。言い換えれば生体に関する知識は非常に乏しい。

さらに深刻な問題があります」

「どんな？」

「オリオン集団ではあり得ない事例であるために、その可能性をまるで考えていなかったのですが、回収した軍艦にはただの一人も女性がいない。社会的に女性という存在がいるのは地球の観察からわかっていましたが、まさかそれが組織レベルで男性と異なるとは想像もしていなかった。

人類に不老不死を提供するとなれば、男性だけではなく女性の協力が不可欠です。そうなると我々の研究は、悦子さんの協力を得なければ一ミリも進まないのです」

悦子には、オリオン二郎とは反対の意味で、驚くべき話だった。「地球の観察」の意味ははっきりしないが、宇宙から望遠鏡で地上を観察するようなことだろうと彼女は考えた。

地上を歩いている人間は、多くの社会では男と女で服装が違う。人間はそれが男女の違いであると、子供の頃から教えられているので理解できる。

だがオリオン集団は、おそらく男の服装をしているものが男の役割を与えられ、女の服装をしているものが女の役割を与えられていると解釈したのだろう。服の違いは職業によって制服が異なるのと同じことと、彼らは考えていた。悦子はオリオン二郎の話をそう解釈した。

だとすれば、オリオン集団の構成員は男女の別が存在しない可能性がある。もっとも医師である悦子には、人間の性というのが男女の区別で完結するほど単純なものではないことは知っている。

だが最初から生物として性別がないか、あるいは性別という観念が社会に存在しないなら、服装と性別に相関関係があるという事実は理解できまい。

「オリオン集団には性別がないなら、子供も生まれないの？　それとも不老不死だから生殖する必要がないわけ？」

それが、悦子がオリオン二郎の話から割り出した結論だった。彼女は、オリオン集団にも昔は医者がいたと聞いた。そしていまは不老不死の技術があるから医者はいないという。もしも人が死なない中で子供だけ増えるなら、人口は破滅的に増加するだろう。しかし、オリオン集団は高度な文明を維持できているようだから、人口爆発が社会を滅ぼしはしなかった。

だとすればオリオン集団の不老不死は、何らかの原因で子供がいなくなり人口が増えなくなったために、社会を維持する意味で生み出された技術ではないか？　彼女はそう考えたのだ。

しかし、オリオン二郎の返答はそれとは違っていた。

「僕らにも性別はありますけど、たぶん鮎川さんが考えているようなものとは違うでしょう。現時点でそれを説明できるとは思えません。一つ言えるのは、生殖しなくても個体は増えるということだけです」

「不老不死による人口爆発で、社会が崩壊したりしないの？」

悦子は何よりもそれが気になった。

「まともな文明であれば、人口爆発で社会が崩壊するような愚は犯さないでしょう。結局それは人口と生産力のバランスの問題です。人口が増えたことで、それ以上の生産力が実現すれば社会は崩壊せず、それどころか発展できる。宇宙にはそれを実現できるだけの資源があります。

それに僕らの社会に限りませんけど、不老不死のようなことを実現した社会なら、人口を調整することは可能と思いますが」

悦子は「不老不死のようなこと」という曖昧な表現が気になった。不老不死のような単純な話に曖昧さなどないと思うからだ。しかし、それよりも悦子には確認したいことがあった。

「あなたたちはどうして、地球の人間の不老不死なんかに興味があるの？　地球人が長生きしようがしまいが、あなたたちには関係ないことじゃないの？」

悦子は自分の発言が解釈によっては、かなり冷たいものだという自覚はあった。近代医学は多くの人々を疾病《しっぺい》から救ってきた。かつては不治の病とされたものも、適切な治療法により健康を取り戻すことが可能となってきた。

とはいえ、それは一部の限られた国々の、しかも都市部での話だ。悦子が働いているような僻遠《へきえん》の地では、すでに撲滅されたと思われているような疾病で亡くなる人間は少なくない。

極論すれば、石鹸で手を洗う生活習慣があれば罹患しないような患者だって少なくない。

しかし、その石鹸さえ貴重品という土地はある。

さらに疾病の背景は、重労働と劣悪な栄養状態にあることも珍しくなく、それはつまり貧困の問題だ。ここまでくると一人の医者が解決できる問題ではない。

ある意味、僻地の医療問題とは人間の無関心の産物だと悦子は考えていた。それでも自分にできる目の前のことをやっていく。それが彼女の現時点での結論だった。

そうした悦子からしてみれば、縁もゆかりもないオリオン集団が、人類のために不老不死技術を提供しようとしているのは信じられなかった。オリオン集団の底意を疑いたくなる気持ちの方が強くなる。

「経済的な効率性の追求のためです」

オリオン二郎はそう語った。悦子はそれを聞いて、直感的に嘘はないと思った。彼の発言の意味はよくわからないものの、善意とか愛情とかそんな「気持ち」の次元の話ではない点で、嘘はないと思ったのだ。

「不老不死と経済的効率がどう結びつくの？」

「我々と地球人類は色々な点で違います。とはいえ、経験を積めば意思の疎通も円滑に行くでしょうし、地球と我々との、そう適切な言葉はありませんが、貿易としましょうか、それも可能となる。

我々としては地球との交易関係は長期的に続けたい。しかし観測した範囲で、地球人類の活動期間は短い。二〇年から三〇年といったところでしょう。

こんな短期間で世代交代が行われたならば、我々は何度も何度も同じことを繰り返すことになる。それならば、すべてを理解した人に永続的に活動してもらうのが一番効率的なのです」

「平たくいえば、お得意様には長生きしてもらい、安定した商売を続けたいということ？」

オリオン二郎は少し考えてから、悦子の意見がほぼほぼ正解であることを告げた。

「極端な寿命差を放置しては安定した関係は築けません」

オリオン二郎の話は概《おおむ》ね理解できたと悦子は思った。ただその話をどう受容すべきか、彼女にはまだ納得できない部分がある。

「いまの話だと、全人類に不老不死を与えるのではなく、ある種の特権階級にだけ不老不死を施すというように聞こえるけど、それはどうなの？」

今度のオリオン二郎の沈黙は少し長かった。

「特権階級の理解が鮎川さんと我々で同じかどうかわかりませんが、おそらくあなたが想像したのとは反対のことが起こると思います。

我々が不老不死を施すとしたら、現時点の地球での社会的地位などは関係なく、我々の基準で適合する人物を選びます。地域や民族の別なく、男女の別なく。

あるいは不老不死を得た人たちが特権階級を作ろうとするかもしれませんが、それはおそらく成功しないでしょう。仮に成功するとしても、それに我々は干渉しません。地球の方々が決めることです。我々はただ貿易ができればそれでいい」

今度は悦子が黙る番だった。オリオン二郎の言うことは、原則としては正しい。確かに人類の運命は人類自身が決定すべきだ。

だが現実問題として、不老不死の技術を人類が合理的に管理できるかどうかには、彼女は疑問があった。オリオン二郎によると、不老不死技術を施しても消滅した、つまり死んだ個体はあるらしい。

不老不死は自然死を克服しているが、悪意を持った殺人には無力でないとしても無敵でもない。そうなれば特権階級云々よりも先に、不老不死技術をめぐる殺し合いさえ起きかねない。

一つの選択肢は鮎川悦子が協力を拒否するというものだ。拒否してオリオン集団がどうするかはわからないが、悦子が知る限りではあったが彼らが無意味に地球人を殺すとも思えない。そんなことをしても、経済的な合理性は得られまい。

一番あり得るのは、自分らに協力してくれる人間を悦子の代わりに見つけてくることだろう。そしてそれはさほど難しいことではあるまい。医者など世界中に何万人もいるのだ。つまり悦子が協力しようとすまいと、不老不死技術は人類に与えられる。

ただ、悦子の代わりにやってきた医者が、彼女よりも倫理的かどうかは疑問だった。彼女とて自分が聖人君子だと主張するつもりはない。だが人種や民族を超えて患者には公正であろうとしてきた。そこには嘘はないつもりだ。

彼女も満洲の地で色々な医者を見てきた。そこでわかったのは、医学教育で人間が倫理的になるわけではないということだ。医学教育は人格形成の面倒までは見てくれない。

そして、不老不死技術で人類社会が大きく変わるなら、他人が受けるよりも、自分が受ける方がより良い方向に影響力を及ぼせるのではないか？

「いかがでしょうか、鮎川さん、我々に協力していただけますか？」

「人類への適用に関しては、人間に判断する権限を残すという条件でなら協力しましょう」

それを聞いて、オリオン二郎は嬉しそうに言った。

「鮎川悦子さんなら、そうおっしゃってくれると思ってましたよ」

悦子は後に、この時の二郎の言葉の真の意味を知ることとなる。

＊

昭和一五年一〇月一〇日。上海の租界は中国大陸で不思議な空間となっていた。租界の外は日本軍の占領地であり、中華民国政府の所在地ははるか遠くの重慶にある。

背広姿の入江信夫《いりえのぶお》は上司である古田岳史陸軍中佐から、中尉より大尉に昇進したことを告げられると同時に、今回の任務も命じられたのだ。重要任務だから、せめて大尉クラスでないと釣り合いが取れない、と。

「ここか」

入江は手配した自動車の中から、描き写した地図と目の前の建物を比べる。上海の共同租界にある石造の小さなビル。三階建ての低層建築だが倉庫も併設している関係で、敷地面積はそれなりにある。それが元禄通商上海支店だ。見た感じでは人気《ひとけ》はない。

しかし、建物のあちこちに最近補修したばかりの痕があり、支店が活動しているのは間違いないようだ。

それは屋上部分に増設がなされていることからもわかった。平坦な屋上を利用して、もう一階分だけ不自然に建屋が作られているようだ。ただ地上からは、それが倉庫なのか事務所なのかまではわからない。

実を言えば元禄通商上海支店は、租界の外に正式な事務所がある。租界に置かれていたのは分所のようなものだ。それも日華事変以降は閉鎖されていた。

しかし、ここにきて状況は変化していた。まず八月ごろから「租界の正常化を図る」として、日本陸軍と国民党軍は現地軍の協定で、上海租界周辺二〇キロを双方の緩衝地帯とすることに同意する。

これは「人道的見地」からの判断であることと、「帝国に領土的野心はない」ことの証明であると説明された。

租界周辺地域の「緩衝地帯設定」は具体的には九月一日から始まった。これにより租界の経済力が回復することなどが宣伝され、その一方で、「支那方面軍が大作戦を企図しており、そのために戦線を整理している」との観測筋の報道も流れるようになっていた。

それでも事態を冷静に分析できた人は、この流れの方向を読み取っていた。緩衝地帯の設定といっても、そこはもともと中華民国の領土であり、実質的には日本軍の撤退に等しい。

ただ現地軍協定では、中華民国政府の主権を認めつつも、日本の経済活動の自由をも認めていた。その実態は租界と周辺地域との貿易の活性化であった。

元禄通商の租界分所の再開もそうした流れによるものであった。入江はもちろん、これまで上海の元禄通商支店に来たことは一度もない。なぜなら元禄通商とは、海軍のために資源を確保するためのダミー会社のような存在だからだ。

「着いたのかね？」

入江の隣、乗用車の席順ではもっとも高位の人物が就くべき後部席左側の人物が尋ねる。

「着きました。ここで間違いありません」

「なら、間に合ったな」

そう言って藤井《ふじい》啓之助《けいのすけ》臨時全権代表は、鷹揚《おうよう》な仕草で懐中時計を取り出し、時間を確認する。

待っていたのだろう、元禄通商の社員らしい人間が二人現れ、壁に挟まれた道路を介して、自動車を建物の裏にある駐車場へと案内する。

商社の支店と思っていたが、入江はここが予想以上に剣呑《けんのん》な場所だと感じた。建物は表通りから脇道に入ってエントランスに移動し、正面玄関に出ることになる。

この間、自動車は上から襲撃することも可能だし、この通路を塞がれれば脱出もできない。もちろんこんな要塞のような構造は、敵が多い元禄通商の性格を考えれば理解できる。

玄関では先ほどの二人とは別の社員たちが、乗用車のドアを開け、藤井を支店の中に促す。入江もそれに続く。

「先方がお待ちです」

支店長が入江と藤井に告げる。

「二人だったな？」

藤井に対して支店長は言う。

「それが三名です。李芳という女が増えました。二人が是非とも必要とのことで」

「李芳か、たぶん偽名だろう。まぁ、大勢に影響はあるまい」

藤井はつぶやく。彼は日華事変の直前まで在中華民国大使を務めていた人物だった。従って中国の各方面に人脈がある。李芳という女性はともかく、他の二人とは面識があるようだった。

そんな大物と比べれば、入江は一介の陸軍大尉に過ぎず、格の違いは明らかだ。だから彼は交渉への直接の介入は許されていない。ただ藤井臨時全権代表に軍事的な質問をされた時に、適切な返答をすることが求められていた。

しかし、相手側から見れば自分は単なる用心棒にしか見えないだろう。それでもいいと上司の古田やさらに上の岩畔豪雄《いわくろひでお》陸軍省軍事課長はいう。陸軍大尉が警護役なら藤井代表の格に相応《ふさわ》しいというわけだ。

二人が案内されたのは応接室ではなかった。租界のこの分所には、そもそもそんなものはないという。その代わり備蓄品も何もない倉庫に案内された。

倉庫にはパーテーションが施され、その内部は贅を尽くした広い応接室のような空間になっていた。中央にはマホガニーの大きな机が置かれ、すでに三名が待っていた。

二人の男、中華民国政府代表の何応欽《ホー・インチン》参謀総長と中国共産党駐重慶代表の周恩来《チョウ・エンライ》が挨拶し、藤井と入江もそれに応える。

四人が立って挨拶を交わすなか、李芳という女性は座ったままだ。しかも席次的に中国側三人の中で一番格が高い位置にいる。

入江も、李芳がアジア人女性なのは間違いないと思うが、どうも東アジア系とは違う印象を受ける。それは外交畑の長い藤井も同様であるようだった。

それにしても、中華民国と中国共産党代表と藤井との間で行われるはずの秘密交渉の席上に急遽現れ、あまつさえ二人よりも上座のこの女性は何者か？　年齢だって三〇にはなっていまい。そもそも中国にそれほどの大物がいるというのに、関東軍で謀略に関わっていた自分が知らないというのも信じ難い。

藤井と入江は促されるまま、席につく。給仕がコーヒーを運んできたが、それをテーブルに置くとすぐにパーテーションの向こうに消えた。

「李芳さんでしたか、アメリカからいらしたのですか？」

藤井代表はどうやら、李芳を中国系アメリカ人と判断したらしい。つまり日中交渉の仲介か、あるいは米中連合という形で日本に譲歩を迫る。それがこの話し合いと考えたらしい。

このような想定はまったくしていないため、入江は気が気ではない。ここで藤井が「話が違う！」と席を立てば、ここ一ヶ月の対中工作は、交渉さえ行われないまま頓挫しかねない。

しかし、李芳の返答はさらに予想外のものだった。

「アメリカからではありません。私はオリオン座の方から来ました」

「オリオン座の方角だと！　つまり……」

そこまで日本語で叫びかけて、入江は口を閉じた。藤井も入江も基礎知識としてオリオン集団の情報は説明されていた。ただ機密管理の問題があり、知っている知識は限定的だった。上司の岩畔や古田まではすべての情報が開示されていたが、入江レベルでは基礎的な事実関係だけだ。

彼が知る限り、オリオン集団が人を送ったのは、日本、ドイツ、イギリス、ソ連の四ヵ国だけで、生存しているのは日本のオリオン太郎だけのはずだ。中国にオリオン集団の人間は送られていない。

しかし現実には、中国に送られたオリオン集団の代表はいたらしい。中国語も流暢《りゅうちょう》で、入念な準備があったことを予想させた。

入江は藤井の表情を探る。果たして藤井は中国にもオリオン集団が接触していたことを知っていたのか？　しかし老練な外交官の表情から真意を読み取るには、入江は若過ぎた。

「つまり、日中関係正常化にはオリオン集団も強い関心を持っている、そう解釈してよろしいのですな？」

「より正確に言うならば、オリオン集団は日中関係正常化を望んでいます。それと申し遅れました、私はオリオン李芳と申します」

李芳は初めて頭を下げたが起立はしなかった。しかし入江は、彼女の「正常化を望んでいる」という一言に驚いた。かなり踏み込んだ発言だからだ。それは藤井も感じたように見えた。

「周先生、一点確認したい。ここで何某《なにがし》かの合意が成立したとして、それを先生が持ち帰った場合、そのまま共産党の決定事項となると信じてよろしいか？」

藤井の疑問は関東軍で働いていた入江にもわかった。中国共産党では毛沢東派と、コミンテルンを背景とする王明らの勢力との派閥抗争があったためだ。

その質問に答えたのは、意外にもオリオン李芳だった。

「中国共産党の問題は、コミンテルンの指導のもとに解決しました。現在、中国共産党の代表は周恩来さんです」

「コミンテルンから派遣された軍事顧問のリトロフは、何年も前に帰国したはずだが」

藤井が初めて動揺を示した。ソ連と中国共産党に関するこうした重要情報を把握していないことに、外交官としてショックを受けたのだろう。しかし、周恩来の発言はそれ以上の衝撃を入江や藤井にもたらした。

「こちらにいるオリオン李芳と同僚の李四が、現在のコミンテルンからの顧問だ」

周恩来の発言は事務的だったが、何応欽の表情には、なぜか恐れや不安の色が見えた。日本人二人が状況を理解していないと判断したのか、周恩来は続けた。

「過去の我々の路線論争とは、突き詰めるなら未来の共産主義社会とはいかなるものかという解釈の違いに起因する。しかし、我々はいま決定的な確証を得た。オリオン集団という共産主義を実現した社会をだ。オリオン集団との学習により、我々の主観主義は一掃された」

周恩来の話もまた入江を驚かせた。上司の古田からは、「特高がオリオン太郎を共産主義者として逮捕する動きがある」と聞かされたことはあったが、何応欽の表情からは、中国共産党だけでなく国民党もオリオン集団が共産主義社会であるとの認識らしい。

しかしながらオリオン太郎は、オリオン集団の社会についてはほとんど何も説明していない。秘密主義というより、地球の人間には異質すぎて理解できないためと彼は説明していた。だからオリオン集団を、人間の常識で共産主義社会というのは不適切だろう。

その上でオリオン李芳と李四が、周恩来や何応欽にオリオン集団が共産主義社会と思わせたとしたら、二人は天才的な詐欺師であるか、さもなくば中国側が何か大きな錯誤を犯しているかのいずれかだ。

しかし、藤井代表はそうしたことよりも、オリオン李芳と李四がコミンテルンの代表であることを重視しているようだった。

「コミンテルンが国共合作を強化したのか……」

藤井のその呟きがどんな意味を含むのか、入江にはわからなかった。ただ彼の知る範囲で想像はつく。

ソ連はすでに電波通信によりオリオン集団と接触を持ち、それを統括しているのは当時の外相モロトフだった。そしてコミンテルンの事実上の管理者もまたモロトフだ。

したがってオリオン李芳がコミンテルンの顧問として中国共産党に来ているならば、日中国交正常化はソ連の国益にもつながるという図式が見えてくる。

ただ、入江には一つわからないことがあった。それはオリオン集団とソ連では、主導権を握っているのがどちらかということだ。ソ連の政変と日中国交正常化がどちらもオリオン集団の意思という解釈も可能だ。

この場合、日本政府とオリオン太郎の関係も、ソ連とオリオン集団の力関係により対応の仕方を再検討しなければならないだろう。すでに日本はオリオン集団の大使館を認めているのだ。

「我々からも一つ前提条件として確認したいことがある」

何応欽が初めて口を開いた。

「どのようなことだろうか、参謀総長？」

「日本政府は今日もなお、九カ国条約の枠組みは有効と認識しているか？　つまり日本は九カ国条約の枠組みの中で行動すると信じてよいのか？」

何応欽が言及した九カ国条約とは、ワシントン会議の中で議論されたものであった。

一般にワシントン会議とは、その中に含まれる海軍軍縮会議のみで語られることが多い。しかし、ワシントン会議そのものは第一次世界大戦後の世界秩序のあり方を検討する趣旨のものであった。

それでも日本国内では、第一次世界大戦の戦勝国の一員であり、一等国の仲間入りをしたにもかかわらず、戦争もしていないのに主力艦の数を減らされたことに対して英米への反発は大きかった。ワシントン会議をして、日露戦争以来の国難という意見さえあったのだ。

ただワシントン会議は、ソ連やドイツが含まれていないことや、植民地体制の現状維持などの問題はあったものの、基本的には戦争を回避するための国際協調の枠組みを決めるものだった。

この中で九ヵ国条約とは、アメリカ、イギリス、イタリア、オランダ、フランス、ベルギー、ポルトガル、日本、中国による取り決めであった。

この条約は、シオドア・ルーズベルト大統領時代に国務長官を務めた経験のあるエリヒュ・ルートがまとめあげた。彼は共和党の長老であり、会議では全権団の一員でもあった。

このルート決議、いわゆる四原則が九ヵ国条約の骨子となった。この四原則とは、

・中国の主権、独立、領土的・行政的保全の尊重
・中国が「有力かつ安固」な政権を樹立・維持するための機会提供
・商工業の機会均等主義
・中国において友好国の安寧に害ある行動をさしひかえること

であった。ルートは親日的であり、会議に参加した日本全権団に対して「最後の、友好国の安寧条項は、日本の満洲における権益を認め、他国は干渉しないという意味である」というメッセージを非公式に送ってきたとも言われる。つまりアメリカは満洲における日本の地位を黙認するということだ。

ただし黙認されても、条約にこのことは明記されなかった。中国を刺激するというのもあるが、満洲の権益を認めることは、機会均等主義と矛盾するからである。

そして九カ国条約は、中国全権代表の要求を斥《しりぞ》けつつも、アメリカ主導で調印されることになる。

しかし、満洲事変を皮切りに、海軍軍縮条約は期限切れとなり、さらに日華事変へと状況は変わってゆく。一九三七年一一月には九カ国条約会議がブリュッセルで招集されたが、日本が不参加となり会議も無効となった。

これにより九カ国条約は解体したというのが、国際社会での認識だったのである。

だが、上海周辺の非武装化の動きに合わせ、日本政府や陸軍関係者はイギリスやフランス租界の然るべき人物に「九カ国条約は今日も有効であると日本は認識している」という趣旨のことを繰り返し伝えていた。当然、関係国に伝達されるという認識の上での行動だ。

そしてそれは、何応欽の質問で確認された。

「ルートの四原則には多義的な解釈が可能な文言も含まれているが、それは日中間の話し合いで解決可能と認識している。双方の話し合いの中で、白黒という極端な判断ではなく、水墨画の如く、国交正常化のための濃淡はあって然るべきと考える」

藤井代表の発言は、言うまでもなく満洲の帰属に関するものだ。これはルートの四原則が時に妥協の産物と言われることとも関連するが、文言としては日本の満洲における権益については触れられていなかった。

さらに問題を厄介にしているのは、九カ国条約の後に満洲事変が起こり、満洲国が誕生している事実にある。それとて話し合いで解決可能な問題であるとしても、政治決着のハードルは以前よりは高い。

何応欽も周恩来も藤井代表の返答に落胆した様子もなく、さりとて喜んでいる様子もない。二人にとって、日本側の返答は想定内なのであろう。

「質問の仕方が悪かったようだ。我々も話し合いは可能と認識してはいる。しかし、先ほど藤井先生が周先生にしたのと同じ疑問を我々は持っている。

はっきり言えば、交渉が成功するかどうかは日本軍が撤兵するかどうかにかかっている。藤井先生は、日本軍がどの線まで後退するかに交渉の余地があるとお考えのようだ。

だが、我々は前提条件として、ここでの藤井先生との交渉が確実に日本軍の行動に繋がるのか、それを確認したいのだ」

そしてその先を周恩来が続ける。この点に関しては何応欽と周恩来の間にはっきりとコンセンサスが得られているようだ。陸軍軍人として、入江大尉は自分に課せられた役割が予想以上に大きいことを悟った。

「藤井先生ならご存じのことと思うが、日本政府は何度となく日華事変解決のための交渉を行ってきた。その中には双方の条件が折り合うかに見えたものもあった。

しかるに、政府や民間による交渉結果がどうであれ、日本軍は戦線を拡大してきた。これは客観的に見て、日本政府に軍をコントロールする力がないとしか考えられない。

先月末に日本では憲法が改正され、戦争指導体制が一新されたと聞いている。その上で、米内内閣に軍をコントロールする力はあるのか？　それが確認できなければ、ここでの交渉は無駄になる。

九ヵ国条約の枠内で日本が行動するというのは、政府による軍の統制が確立していなければ意味を持ち得ない」

藤井は姿勢を正す。中国側は中華民国政府も中国共産党も、日本の政治状況について積極的な情報収集を行ってきたらしい。そしてその背後にはオリオン集団がいるのは間違いないだろう。

入江は飄々としたオリオン太郎の姿を思い浮かべたが、どうやら見かけ以上に強《したた》かな政治手腕の持ち主らしい。

藤井代表はここで起立すると、はっきりと中国側代表に答えた。

「本邦における憲法改正をはじめとする政治改革は、すべて政治による軍の統制を実現するために行われている。軍部内でも軍令に対する軍政の強化が行われ、部隊は政府の意向に反しては動けない体制ができている。

かつてのような中央の意向を無視しての現地軍の暴走は、反乱罪の対象となり、その場合、責任者には死刑が適用されよう」

入江はそのことを十分理解している。しかし、責任ある立場の人間から聞かされると、反乱など起こす気はなくとも、何か背筋が冷たくなる。

「藤井先生、ありがとうございます」

そう言ったのは、オリオン李芳だった。

「基本的に我々が日本に望むのは、関東軍を含む、日本軍の中国からの撤退です。ただ満洲国の鉄道や付属インフラへの、日本の権益は認めます。

満洲国の帰属に関しては、御三方で話し合って妥協点を見つけてください。また汪兆《ワン・チャオ》銘《ミン》さんたちについては穏便な処遇を望みます。対応を間違えれば、不安定要因になりかねませんので」

地球の人間ではないから当然かもしれないが、オリオン李芳の要求は非常識としか入江には思えなかった。日本軍を完全撤退させるにしても、もっと手順はある。汪兆銘政権のことはともかく、満洲国は政体としてどうするか？　その住民の帰属はどうするのか？　それらを決めた上で、撤退となる。

そもそも軍の撤退こそ交渉材料ではないか。何をどこまで動かすのか、減らすのか、その駆け引きの中で妥協が成り立つのだ。それを全軍の撤退が前提条件では交渉にもならない。

「さすがに……」

藤井が口を開きかけたが、李芳はそれを最後まで言わせなかった。

「さすがに、一方的な兵力の全面撤退という条件は飲むわけにはいかない。そう仰《おつしや》りたいのですね。

それは我々もわかっています。我々の推計では、陸軍は日華事変に一〇〇億円近い戦費を投じている。むろんそれらは軍需産業にも流れ、日本の経済成長にも寄与していますが、莫大な額であることは間違いない。

さらに、撤退するにしても戦費は必要です。何も得ることなく撤退するのは日本の国内世論が許さない。我々もまた米内内閣が倒れるようなことは望んでおりません」

「ならどうするのか？」

その手段を何応欽も周恩来も知っているのだろう、二人の表情は複雑だった。

「日本軍の全面撤退に対して、中華民国政府は一〇〇〇トンの金塊を日本政府に提供する。必要ならさらに増やせますが、世界の年間金産出量程度あれば十分でしょう。

そして日本政府は、九ヵ国条約に則《のっと》り、荒廃地の復興に協力する。そのための資金は日本政府負担となりますが、それはオリオン太郎から日本政府へ提供されるでしょう。概ね、金塊一〇〇〇トンを提供する用意があります」

「総計二〇〇〇トンの金塊が日本に渡るのか」

入江には藤井代表の呟きが聞こえたが、どういう計算かわからない。中国から一〇〇〇トン受け取り、オリオン集団からの一〇〇〇トンを渡す。動く金塊こそ二〇〇〇トンだが、中国は差引ゼロ、日本は一〇〇〇トン増えるだけで二〇〇〇トンにはならない。

あるいは中国からの一〇〇〇トンもオリオン集団からの金塊としても、日中共に一〇〇〇トン増えるが、それでも日本の取り分は一〇〇〇トンではない。それとも日本にはすでに別途一〇〇〇トンの金塊が渡されているのか？

だがそうだとすると、オリオン集団は日中両国に少なくとも計三〇〇〇トンの金塊を提供できるということになる。

「つまり君たちは全面撤退の見返りに金塊をくれてやるということなのかね？　それがオリオン集団のやり方か？」

藤井代表はオリオン李芳に鋭い視線を向けながら、そう尋ねる。和平交渉のような外交上の難題を、人間ではない連中が金で解決しようと非常識な大金を出してきたのだ。外交官としてのプライドが著しく傷ついたのは入江にも察せられた。

「藤井先生の言葉の意味を完全には理解できていないと思いますが、方法論としてこれが我々が最善と考える手段なのは確かです」

「万の英霊が築き上げた成果を金塊と引き換えにせよというのか！」

そう憤《いきどお》る藤井に対して、李芳は穏やかな表情で尋ね返した。

「どうして皆さんは一人の英霊も出ない段階で事態の収束を図らなかったのですか？　どこの国であれ、戦死者が出ないようにするのが政府というものではないのですか？　我々の理解では、国家とは構成員の生命を守るための装置のはずですから」

その場にいた人間たちは、誰一人として李芳のその質問には答えなかった。

第一回の会談はそれから程なく終了した。さすがに藤井代表とて、金塊一〇〇〇トンの処理についてはい決定できないからだ。そして四人は元禄通商支所の屋上に案内される。

何応欽も周恩来もこれに乗せられてきたのだろう。屋上の増設部分と思ったのは、噂に聞くピルスだった。入江も写真では見ていたが実物は初めてだ。

ピルスは屋上から垂直離陸し、何応欽や周恩来を順番に送り、最後に入江と藤井を東京に運んだ。彼らに挨拶をする程度の礼儀は忘れなかったものの、東京に降り立つまで、藤井代表は終始、不機嫌だった。

「入江くん、非常に不愉快な会談だった。外交官として、これほどの屈辱は初めてだ！」

「では、代表、どうするんですか！」

「奴らの条件で交渉を続ける！　他に道はない、だから不愉快なんだ！」

そう吐き捨てて、藤井代表は霞ヶ関へと歩いて行った。

5章　フィリピン船員

昭和一五年一〇月一五日。

「猪狩さん、いま何周ですか？」

「あぁ、もう五周だ」

大使館の事務員と挨拶を交わしつつ、猪狩周一はランニング姿で、ジン・ガプスの上甲板を走っていた。全長三五〇メートルの客船である。上甲板を一周するだけで八〇〇メートル近くあるから、一〇周すれば八キロになる。朝の運動としては十分だ。

オリオン太郎が言うように、ジン・ガプスの生活は快適だった。ただその快適さとは、客船だからではなかった。そもそも客船とはいうものの、地球の客船とは考え方が違っている。娯楽設備の類《たぐい》はなく、強いていうなら食堂があるくらいだ。

その代わり宿泊施設や会議室の類は多い。さらにジン・ガプスの場合は、格納庫の容積が大きかった。

それでも快適というのは、室温や湿度を含め、船内の空気環境が非常に良好なのだ。そして、その空気の質には一日を通じて変化がなかった。まさに完全に人工的な環境だからこそ実現可能なのだと思われた。

それこそがオリオン太郎が宇宙空間で暮らしている環境なのだろう。オリオン太郎が日本に来て半年になるが、四季のはっきりしている日本での生活は、彼にはかなり過酷だったのかもしれない。猪狩は今はそう思えた。

大使館開設の条件であったはずの、オリオン集団によってウルシー環礁に拘束されていた日本海軍第四艦隊の問題は、呆気なく解決した。一つには同時期にヒトラー総統とスターリン書記長が相次いで死亡し、ヨーロッパに激震が走ったことがある。

この問題にオリオン集団が無関係かどうかは非常に怪しいのではあるが、少なくとも事前にこうしたことが起こり得ることを知っていたのはオリオン太郎も認めていた。

ともかくジン・ガプスの降下が認められたと同時に、第四艦隊は解放された。どうやら第四艦隊問題の着地点をオリオン集団は準備していたらしい。艦隊を解放とほぼ同時に、ウルシー環礁の拠点はパイラやピルスにより移動を開始していたと思われた。ピルスとパイラは頻繁にどこかへ移動し、環礁の上に建設した施設を破壊していったからだ。

最終的に島の上には瓦礫《がれき》だけが残った。

そうして二日としないうちに、ウルシー環礁の施設は完全に消滅した。瓦礫以外にここでの活動を証明するものはない。

特殊潜航艇でファラロップ島に上陸した山下光一海軍大尉以下三名は、この基地施設の解体現場を目撃できる立場だったが、施設内に入ることは最後までできず、瓦礫が積み上がるのを眺めるしかなかった。

彼らは艦隊に救助される前に、オリオン花子とその部下に発見され、ピルスで空母飛龍に降ろされた。

こうしたことが政府に報告され、オリオン太郎とも事実関係が確認されると、第四艦隊は日本への帰路につき、先週、日本に戻ってきた。

唯一犠牲となった駆逐艦卯月に対しては、現時点では日本国政府が法律に則《のっと》って負傷者に手当などを支給し、別途、沈められた卯月に関する賠償をオリオン集団に請求するという事務手続きになっていた。

いま改めて考えるなら、この賠償に関する事務手続きは、日本政府への金塊提供への道筋をつけるための予行演習だったのかもしれない。

客船大使館ことジン・ガプスでの猪狩の活動はかれこれ、一〇日ほどになった。その間に、大使館の状況はかなり変化した。古田が手配した人員がピルスによって運ばれてきたためだ。

当初から予定されていた陸海軍を含む各省庁から派遣された五〇名ほどの事務職員と、彼らに食事を用意したり船内での世話をする人間が二〇名。これが機材と合わせて、ピルスで三往復して運ばれてきた。

この七〇人の中には女性も三人いて、彼女たちは看護婦だった。医療面のサポートもできているということだろう。

古田が大使館職員として最初に準備していた人間は三〇名ほどで、その時は客船に大使館を置くなど誰も本気にしていなかった。

確かに宇宙から客船を投下できるとは聞かされていたが、軍人たちはそれを空挺作戦の文脈で解釈し、「客船に匹敵する物量を降下できる」と解釈していたのであった。このため本当に客船が現れた時には、適切な準備はできていなかった。

しかし、二〇万トンの大使館が降下するに伴い、古田はすぐに人選を拡大した。料理人などを用意したのは、猪狩や桑原の証言から、オリオン集団に期待してもろくな食事は出てこないとの判断からだ。

オリオン太郎にしても羊羹《ようかん》や餡《あん》パンを与えていれば満足しているわけで、そんな奴が用意する大使館で食事の質は期待できない。

じっさい古田の読みは当たっていた。オリオン太郎は大使館の中で人間が生活するのに必要なインフラは、電気と上下水道以外は何も用意していなかった。

ただ数百人の人間が活動できる独立したエリアを、ジン・ガプスの中に用意されただけだった。

何人かの職員が船内の探検に出たが、得るところもなく戻っていた。使用していないために閉鎖されたエリアが多いのと、ただ広いだけの空間が幾つかあるだけだからだ。

そして彼らは、どうしても一〇〇〇トンの金塊が置かれている部屋には辿り着くことができなかった。今のところ金塊を目撃したのは猪狩と桑原だけだ。

オリオン太郎によれば、これは当然で、ジン・ガプスの内部は国家の領土内と同じであり、彼らの了解がないところには日本政府職員といえども立ち入ることはできないという。

これは真っ当な理屈であり、猪狩も桑原も反論できなかった。

金塊に関して古田の慧眼《けいがん》を感じたのは、経済金融の専門家が増員スタッフの中に何名もいたことだ。どういう形になるかは不明であるものの、この大使館が列強に対する経済戦の最前線となる。それが申し送り事項にあった古田の意見であった。

そうして一週間ほどは、船内での大使館の立ち上げに費やされた。誰がどこの場所を使い、事務作業はどういう流れにするか。そんなことを取り決めるのだ。

通常の大使館と異なり、ジン・ガプスの内部には、日本政府の代表機関とオリオン集団の組織が同居していた。法的には、日本の領海内にジン・ガプスが停泊し、その内部はオリオン集団の主権が認められる空間となっている。

さらにその空間の中に日本の政府機関が置かれる形となり、その割り当てられた領域は日本政府の主権下と認められるという面倒なことになっていた。

そして法的にはオリオン太郎がオリオン集団の在日大使という扱いであり、それらと交渉する窓口が日本政府の出先機関として船内にある。室長は現役海軍将校の桑原であり、猪狩は室長補佐という立場であった。

桑原は主に法務関係を担当し、猪狩は経済関連を担当する。それぞれの傘下に幾つかのチームがある。それが現在の機構である。

オリオン集団からも人員が運ばれてきて、ジン・ガプスの維持管理にあたっているらしい。それらは猪狩が知る範囲で大半がオベロである。ただオリオン太郎も配慮しているのか、彼と桑原以外でオベロと遭遇した人間はいない。

オリオン太郎の部下たちも来ているようだが、猪狩が見かけたのは一〇人前後だった。

数が曖昧なのは彼らは親戚のようにオリオン太郎と似ているためで、接点も多くないため猪狩も桑原も誰が誰なのか把握できていない。

女性も何人かいたが、オリオン花子に似ている彼女らも、見分けがつかない。他民族だから区別がつかないのかもしれないが、それよりも海外経験の豊富な猪狩には、単純に容姿が似ているためと思われた。

彼らの名前を、猪狩や桑原もオリオン太郎に尋ねたが「また個体の名前ですか?」と言われただけで、明確な返答はなかった。唯一の回答が「オリオン太郎のブランチ」というのだが、これ以上は説明しても理解されないと判断されたようだった。

こういうことも桑原と話したいとは思っていたが、ここ数日は会うことも減っていた。桑原は時にはピルスで東京に戻ることもあった。戻ってきた時には、人が増えているのが通例だった。

今も桑原は永田町へと向かっており、ピルスだけが戻ってきた。迎えが必要ならまた飛び立つだろう。

正午になり食堂で料理人が作った食事を摂《と》る。それぞれのチームが別々の時間割で動いているため、猪狩が食堂で一緒だったのは一〇人足らずだった。軽く雑談をして、昼休みに上甲板を走る。五周目を終えて、六周目に入ろうかというとき、首からぶら下げた巾着《きんちゃく》の中からベルの音がした。

猪狩はそこで止まると、巾着から蒲鉾板《かまぼこいた》くらいのガラス板を出す。とはいえ本当にガラス板かはわからない。正確にいうならばガラス板の中に、何かが封印されているというのが近い。ガラスの表面は鏡のように磨かれており、そこに猪狩の顔が映ると、声がする。

「猪狩さん、輸送船が来ます。確認してください。日本政府に引き渡す分です」

オリオン太郎の声とともに、ガラス板に彼の姿が浮かぶ。ピルスの壁に色々な映像が表示されたことを思えば、ガラス板に映像が表示されても、さほど意外には思わない。ただ原理はさっぱりわからない。

通信装置なのはわかるのだが、このガラス板にテレビジョンも、それ用のカメラも納められているとなると、単純に通信装置の技術だけでは説明できない気がした。

このガラス板はジン・ガプスでの活動用にと、オリオン太郎から渡されたものだ。船内にいる限り、通信装置として使えるという。巨船であるから、こんなものでもなければ連絡も容易ではない。桑原によると、東京では単なるガラス板でしかなかったらしい。使えるのはあくまでもこの船の中だけだ。

これがあれば、猪狩やオリオン太郎がいまジン・ガプスのどこにいるかも表示される。しかも、必要なら近くの通路や室内の壁に画像を表示し、打ち合わせをすることができた。

便利なのは、テレビカメラは普通の静止画用のカメラにも転用できて、壁に表示された図やメモを写真として記録できた。これもガラス板の中で見返すことも、壁に投影して拡大することもできる。他にも機能はあるらしいが、いまのところ通信装置としての使い方しか教えられていない。

それよりも気になるのは、オリオン太郎がこのガラス板を何年も前から使っていたらしいことだ。しかし、追浜《おっぱま》の飛行場に現れた時にはこんな装置は持っていなかった。

いま考えるなら、オリオン集団は自分たちの優れた技術を小出しに見せつけ、そして今日《こんにち》では自分らの技術力の誇示に躊躇《ためら》いがない。つまり地球の人間に彼らの技術力の程度を理解させるために、少しずつ啓蒙し、ほぼ水準に達したと判断され、こんなガラス板まで持たされたのだ。

オリオン太郎は猪狩の居場所を把握してこの連絡をしてきたのだろう。彼の現在位置からは船橋へ通じるエレベーターに一番近いからだ。そうしてエレベーターに乗り、船橋に向かう。

船橋は四囲が枠のない一体ガラスの窓となっており、ここから広範囲に周囲を見渡せた。天井部も外部の景色を投影できるので、その気になれば全天を見渡せる。

どうやらオリオン集団の流儀では、密閉空間に表示器を内蔵させ、外周を投影するのが普通らしい。窓のような開口部は強度を損なうというのが彼らの考えなのだ。それでも窓を設けたのは、彼らなりの地球人への妥協である。

オリオン太郎と部下たちの間には、まったくと言ってよいほど会話がなかった。たまに会話があるとしても、それは猪狩や桑原に説明するためのものとしか思えなかった。この時もそうだった。

「船影、捉えました。距離五〇、一〇個です」

「よし」

オリオン太郎がそう言うと、天井に経度と緯度を記す赤い線が浮かんだ。そしてその中で、一つの矢印が移動する。

矢印はしばらく移動していたが、突如として拡大され、一〇個の紡錘形の物体となった。それらはすべて灰色の泡のようなもので包まれていた。

猪狩はそれに見覚えがあった。ジン・ガプスを降下させた時に、船体を包み込み、大気圏突入の熱や衝撃から守った硬質の泡だ。

そして一〇個の紡錘形の物体は瞬時に彼らの頭上を通過すると、海上に落下した。次々と水柱が立ち上がったかと思うと、水平線は白い幕のようなものが広がり、そして大音響が響いた。水平線から高波がジン・ガプスに向けて押し寄せる。しかし、高波が通過しても二〇万トンの巨船は微動だにしなかった。

窓からは、それ以上のことはわからなかったが、天井の映像は水平線の光景を拡大する。そこには船首から船尾まで繋がっている船橋楼が載っている船があった。

「積載量は二万トンあります。最大速力は地球式で四〇ノット以上出せます。それが一〇隻、そちらが受領すれば、この瞬間よりこれらの輸送船は日本政府の保有となります」

そう言うと船橋の中空に全長二メートルほどの立体模型が現れた。最初の頃は猪狩も驚いていたが、いまは慣れた。

立体模型は外見を表示していたが、次の瞬間には断面を表示する。構造は単純だった。船首と船尾に機関部があり、中央は巨大な船倉となっている。航行に必要な領域は全体の中ではごく小さい。

「先に言っておきますが、これらの輸送船には名前はありません。日本政府が受領したら、そちらで命名してください」

オリオン集団は日本政府に対して金塊を提供していたが、オリオン太郎はさらに支援を申し出ていた。それが二万トンの積載量を持つ高速商船一〇隻の提供であった。

オリオン太郎によれば、それは思いつきではないらしい。日本がいくら金塊を手に入れても、それを利用した貿易を行わねばほとんど意味がない。

そして貿易を効率化するには海運能力の向上が必要であり、それには高性能の輸送船が必要という理屈だ。このことは海運を所管する逓信《ていしん》省の研究とも合致した。

日本の登録商船が約二〇〇〇隻ということからすれば、一〇隻の輸送船など微々たる存在に見える。しかし、それらの輸送力である六四〇万トンから見れば、これだけで三パーセント以上になる。

しかも最大速力四〇ノット以上で航行できるとなれば、通常の航海速度と比較して回転率は単純計算で三倍となる。現実には船舶の回転率は、航行速度よりも荷上げの停泊時間の影響が大きい。

しかし、オリオン集団から提供される輸送船は船倉に複数のエレベーターが用意され、クレーンも充実しているため、短時間で埠頭に物資を移送できるという。なので二万トンの積載量でも物資の積み下ろし時間は通常の貨物船よりもむしろ短いくらいで、回転率三倍は現実的な数字であった。

つまりこの一〇隻で、日本の海運力の一〇パーセント近くを担うことができる計算になる。さらに言えば、この高速輸送船団の威力は軍事面でも無視できない。

歩兵一個師団の輸送に一五万トンの船腹量が必要と言われるが、この船団があれば四〇ノットで部隊を移動できる。つまり一日で半径一八〇〇キロの領域に部隊を展開できる計算だ。

「これらを使えば、アメリカ西海岸まで五日たらずで移動できる。物資の積み込みに一日見て、一一日後には物資を満載して帰国できるのか」

「その計算に間違いありません」

オリオン太郎は請け合った。さすがに人間と半年も付き合っているせいか、話の通じないことは依然としてあったものの、それでもかつてより会話が成立することが多くなった。

「しかし、我々は何を馬鹿なことをしているのだろうな」

猪狩は思う。実はこの輸送船の話とは別に、オリオン集団からの金塊一〇〇トンがアメリカの横浜正金にピルスによって送られ、貿易決済に充当されることとなった。

この邦貨にして七〇〇〇万円相当の金塊を原資として、政府は商社などを通じてアメリカから必要な物資を大量購入した。これらは現在進行中の日華事変のための物資ではなく、統制経済下で消費が抑制されていた民生品関連の資源である。

これは経済の非軍事部門への投資の意味もあるが、政治的な目的も強かった。つまり米内強力内閣の誕生により、国民生活が向上したという印象を与えるためだ。

単純な人気取りにも見えるが、日華事変の解決や日米関係の改善など、これから行わねばならない外交的懸案事項を進めるには、国民の絶対的な支持が必要だったためだ。

国民の支持を確実なものにするには、好景気を実現し、国民生活の目に見える改善が必要であり、このアメリカからの大量輸入にはそうした意味があった。

そしてこの金塊の移動に関する会計は、かなり特異な処理が行われた。日華事変の軍費は、議会への説明責任のない臨時軍事費特別会計で賄《まかな》われていたが、これを利用したのだ。

一〇〇トンの金塊の横浜正金への移送に関しては、この特別会計により金塊相当の債券を陸海軍統合参謀本部が発行し、横浜正金が引き受ける形を取ったのだ。一〇〇トンの金塊を受け取ることで、債券は償還されたこととなる。

これにより当面は、オリオン集団から提供された金塊の財務処理の諸手続きを先延ばしにできる。オリオン集団からの金塊を綺麗な形で国庫収入に入れるには、新たな立法手続きが必要であるため、当面の運用にこうした手段が講じられたのだ。

目の前にある金塊と商品を交換する。本来なら単純極まりない原則なのに、国家という社会機構の枠組みを優先しようとすると、国境をまたいだ金融機関のやりとりが必要で、あまつさえピルスで現地に金塊を運ぶようなことさえ行わねばならない。

個々の手続きに合理的な理由があるのは猪狩もわかってはいたが、全体を俯瞰すれば、あまりにも無駄な手間が多すぎるように思えるのだ。

「あの輸送船の乗員はどうするのだ？」

それは暗に、船だけ調達しても動かせないことを猪狩は指摘したのだ。

実は船団の話は聞いたものの、乗員の手配はほとんどできていない。すべての話の流れが早すぎて手配がつかない問題も多い。特に人材は、オリオン集団についての情報が現在でも原則として秘密指定であるため、簡単には募集できなかったのだ。

軍人を充《あ》てるというのは誰もが考えつくことだが、これは現実には難しい。船団の管理となれば海軍となるが、艦長などの職に就ける中佐や大佐というのは、かつての八八艦隊計画の時の、それらを運用するために入学枠を拡大した海軍兵学校の世代である。

八八艦隊計画が中止となってから、海兵の入学枠は縮小された。つまり日本海軍は、組織の中間・上位管理職となる中佐や大佐を急拡大できない状況にある。

実際問題として、日本海軍は日華事変以降、出師《すいし》準備で海軍艦艇を拡大したが、人材という点ではすでに深刻な不足に陥っているのだ。とても商船隊に割《さ》く余裕はない。

人数だけを言えば陸軍の方が将校の数は多いのだが、彼らも部隊の拡張に指揮官が追いつかない状況であり、そもそも陸軍将校では船団指揮は無理である。

ジン・ガプスが提供された時も乗員は乗っていなかった。だからこの輸送船にも船員はいないはずだ。結局、人を集めて訓練を施し、使える人材を確保する。経験者を徴傭《ちょうよう》しても、数ヶ月はかかるだろう。

むろんオベロを乗せるという選択肢はある。しかし、海外にせよ国内にせよ、何も知らない人間がオベロと接触すれば、控えめに言ってもトラブルが起こるのは避けられまい。

だがオリオン太郎の返答は、まったく予想外のものだった。

「乗員はもう用意してありますよ」

「用意してあるって、まさかオベロを乗せるんじゃあるまいな！」

「まさか。地球の人間のほとんどはオベロのような存在を受け入れられないでしょう。特にこれらの輸送船はアメリカとの貿易に用いるものですから、奴隷を連想させるものは無用な軋轢《あつれき》を生むだけです」

オリオン太郎の意見には猪狩も異論はなかったが、しかし、なら乗員をどうするかという問題は残る。

「僕の方で輸送船の乗員も手配しましたよ。大使館職員も必要でしょうから。輸送船は自動化が進んでいるので二〇人で動かせます。一〇隻ですから二〇〇人ですね」

「手配しただと、そんな勝手な真似……」

猪狩は抗議しかけたが、オリオン太郎の顔を見て思い出した。オリオン集団の大使館は日本政府との協定で、必要に応じて地球での人材の雇用を認めていたのだ。

それでも、こうして自分たちがオリオン太郎を監視しているからには、勝手な雇用契約など結べないという計算があった。しかし、それは間違いであったらしい。

だが、オリオン太郎の言葉はさらに猪狩を驚かせた。

「分類の仕方が僕らとは違いますけど、地球の基準で言えば、フィリピン人とマレー人を合わせて二〇〇名。教育というか訓練というか、そういうことをさせて、あの輸送船を自由自在に操れるようにしました。

彼らは英語も話せますし、海運業の知識もあるので、書類作成も問題ありません。身分も必要だろうと思いまして、元禄通商の社員にしてます。そういう書類を用意しました」

つまりパスポートから何から、完璧に書類を作り上げたということだろう。それは犯罪行為であり、下手をすれば外交問題になる。だが、オリオン集団の技術を以《もっ》てすれば、本物と偽物の識別は不可能だ。

それよりも猪狩は、オリオン集団がフィリピン人やマレー人を密かに教育しているという事実を重視した。フィリピンは独立を約束されているとはいえアメリカの植民地、マレー半島もまたイギリスの植民地だ。

いまのいままで猪狩はオリオン集団が接触を持っているのは、いわゆる列強諸国だと思っていた。しかし桑原の体験では、オリオン集団は中国とも関係を築こうとしていた。その点では接触範囲を拡大しつつあることは感じていた。

だがアジアの植民地の人間と接触し、一人前の船員になるほどの教育活動を進めていたとは初めて聞いた。その意図は何なのか？　たとえばドイツに占領されたフランスの植民地で、オリオン集団に教育を受けた民族主義者たちが独立のために決起したらどうなるか？

自分たちはヒトラーやスターリンの死去に大騒ぎしているが、アジアやアフリカの植民地の独立は世界秩序を劇的に変化させるだろう。それは欧米列強の話にとどまらない。日本にだって植民地はあるのだ。猪狩は巨大な客船の上で、超絶的な技術の利便性を享受しつつ、引き返せない罠に嵌《はま》ったかもしれないとの思いに、背筋が凍った。

「オリオン集団は植民地の人間に教育を施して何をするつもりだ！」

だがそんな猪狩を前に、オリオン太郎は平然としていた。

「大使館の職員を地球の方から選抜すると伝えたはずですが。老若男女の別なくと。僕が理解しているところでは、その言葉の意味からして、地球で植民地とされる地域に住んでいる人たちも、該当するはずですが」

「それはそうだが……」

猪狩はこの問題で、どう切り込むべきかわからなかった。オリオン集団の意図も不明だが、この流れは長い目で見て日本にとってはプラスなのかマイナスなのか、まずそれを考えねばならない。

「どうしてフィリピン人なんだ？」

猪狩はまず、その辺りから事実確認を考えた。

「まず近場からと思いましてね」

オリオン太郎は言う。

「近場って、何がだ？」

「大使館が認められたらウルシー環礁の拠点は引き払うのが規定のことだったので、新しい拠点を作っていたんです。フィリピンの領海の少し外に。

なのでフィリピンから人を募るのが都合が良かったんです。マレー人は、たまたまそこにいた人たちです。僕らにとって重要なのは何人かよりも、基準に合致するかどうかなんですよ」

オリオン太郎は当たり前のように口にしたが、それは驚くべき情報だった。オリオン集団と第四艦隊の問題は、日本の委任統治領であるウルシー環礁に、オリオン集団が無許可で拠点を構築していたことにあった。

もっとも第四艦隊問題は大使館開設と連動したもので、日本にとっては委任統治領云々よりも、オリオン集団との接触が主たる目的という側面があった。

しかし、そのオリオン集団がフィリピンに新たな拠点を作っているというのは、日本にとっては対応が難しい状況だ。まずフィリピンはアメリカ領であり、日本が新たな拠点に対して直接的な武力行使はできない。

つまりフィリピンでのアメリカとオリオン集団の関係に対して、国家主権の問題から日本は介入できない。とはいえ、今までアメリカと距離を置いていたオリオン集団が、たとえ武力紛争の可能性を持つにせよ、ここにきて関心を示し始めた理由を知る必要がある。

さらに猪狩が気になるのは、フィリピン人やマレー人を輸送船の乗員にするとして、その教育訓練の期間はどれほどだったのか？　機械化が進み、色々な部分で自動化されているオリオン集団の輸送船とはいえ、人間が介在する部分は相応にあるだろう。

通常の商船では二年や三年の教育期間が必要とされる。もしもオリオン集団の輸送船でも同様なら、フィリピン人船員たちは二年以上前から教育されていたことになる。だがオリオン太郎が日本に現れたのは半年前。これはどういうことなのか？

「教育訓練はいつから？」

猪狩は動揺を抑えながら尋ねる。

「そうですね。試行錯誤もありましたが、一年半というところですか。もちろん僕らの試行錯誤も必要でしたけど」

オリオン太郎は、それの意味がわかっているのか、そう答える。

「日本との接触が最初じゃないのか？」

「そんなこと言いましたっけ？　皆さんは、秋津さんも含めてそう考えていたようでしたけど」

猪狩はそれに対して、何も言えなかった。ドイツやソ連が無線通信レベルでオリオン集団と関係を持っていることはわかってきたし、アメリカとは交流を持っていないこともオリオン太郎が語っていた。

猪狩にせよ誰にせよ、それ以上の可能性はまったく考えていなかった。彼らがアジアの植民地世界と接触をとるなど頭の片隅にさえなかったのだ。

「僕らがフィリピンの人と接触するのがそんなに不思議かなぁ。だって日本に来る前に他の地球人と接触しないで、あんな風に円滑なコミュニケーションなんかとれるわけないじゃないですか」

オリオン太郎の言い分は、それだけ聞けば筋は通っている。しかし、同時に新たな謎が増えた。

「それにしても、どうしてフィリピンなんだ」

「猪狩さんがそんな怖い顔をするほどの理由はありません。人口密集地で接触するのはちょっと危険そうなんで、孤島の集落のような場所を選んだんですよ。フィリピンは島嶼《とうしょ》地域なので選択肢が多かった。ウルシー環礁にも割と近かったですしね」

猪狩はその一言を聞き逃さなかった。ここまでの話の流れなら、「フィリピンに近いからウルシー環礁に拠点を築いた」が自然である。しかし、オリオン太郎は「ウルシー環礁に近いから、フィリピンを選んだ」と言う。

それは人口の多い大国と接触する前に小規模集落と接触し、人間を学ぶという話とは矛盾する。委任統治領などについて知っていなければ、ウルシー環礁を選ぶという思考にはならないはずだ。

しかし、この問題をどう切り込んで確認するか。オリオン集団も自分たちに不都合な話はしない。だから不用意な質問はできないことは猪狩もわかっていた。

「君らが最初に地球の人間と接触したのはいつなんだ？」

それに対するオリオン太郎の返事は明快だった。

「時期だけを西暦で言うならば、一九三六年六月です」

「四年前か……」

その意味をどう解釈するか考えあぐねている猪狩を残し、オリオン太郎は自分の仕事があるからと、船橋から去ってゆく。そして、オリオン集団のメンバーだけが立ち入れる領域に彼は入っていった。

一九三六年六月といえば、日華事変のほぼ一年前だ。しかし、それが関係するかどうかもわからない。そもそも四年前にどこの誰と接触したのか？　いまのフィリピン船員の話からすれば、世界のどこでも可能性がある。

猪狩は部下たちのいる事務所に戻り、一九三六年、つまり昭和一一年六月の事件について尋ねてみる。ベルリン・オリンピックやスペイン内戦などが大きな事件として名前が挙がるが、六月の出来事ではない。

そうしていると猪狩が持っているガラス板が着信を告げる。それは桑原からだった。彼も同じガラス板を持っている。

普通は日本までは通じないが、ピルスに乗った時だけは通信が可能だ。ただ猪狩も桑原もピルスに乗っている時はガラス板を使わない。会話が盗聴されているのは、間違いないからだ。それでも通信が入るのは、よほどの緊急事態か、盗聴されても構わないからだ。

「何か起きたか？」

猪狩に対して、桑原の声がガラス板から聞こえる。

「二つある。一つは、いま自分が乗るピルスで大使館職員となる地球人を運んでいる。二〇人ほどいるが、鮎川という日本人女医が仕切ってる」

それは先ほどのフィリピン船員の件と連動した動きだろう。特に日本人女医の存在は、オリオン集団が日本にも密かに浸透していることを意味しているのか？

しかし桑原にとっては、それよりもっと重要な知らせがあるようだった。

「古田情報だ。海軍技術研究所の谷恵吉郎技術士官が消息を絶った。家族には陸海軍統合参謀本部の公務で出張と言っていたそうだが、そんな事実はない。モスクワからの情報では、谷は密かにオリオン集団と連絡をとっていたらしい。事情聴取を準備中に逃げられた。灯台下暗し、身内にそんな人間がいたとは驚きだ」

猪狩は思いついた仮説を桑原に確認する。

「谷は昭和一一年六月に何かやらなかったか？」

桑原には猪狩の質問の意図が的確に伝わったらしい。

「海拉爾《ハイラル》の要塞で日蝕を観測している。六月一九日だ。彼はそこで宇宙からの電波を観測している。そう、オリオン座からの電波だ！」

＊

鮎川悦子にとって、ズン・パトスでの九月はあっという間に過ぎていった。巨大なズン・パトスという人工島には、彼女以外の人間が住んでいることがわかってきた。

到着のその日のうちに、悦子には住居が与えられた。瓢箪の小さな方の円の部分だ。オリオン二郎は施設内の呼称というものにはまったくと言っていいほど頓着がなく、「そこはそこでしょう」という意味不明の発言をするだけだった。

しかし、彼も位置表示に多少は妥協する気になったのか、大きな円の部分を大島、悦子がいるところを小島と言うようになった。あとは階層と東西南北で大雑把な位置は表現できるようにはなっていた。

その表記でいえば悦子の居室は小島東三、つまり小島の東側の下から三階ということになる。正直、悦子はオリオン二郎に与えられたよりも良い部屋で生活したことはなかった。

明るく清潔で、気温も湿度も快適であり、寝具も簡素だが軽くて温かい。部屋も広く、彼女の村なら五人家族が占拠していたくらいある。それが彼女一人で自由に使える。

食事は樹脂製のメストレイに盛られたもので、乾パンのようなものに乾燥野菜や乾燥肉を利用した惣菜が盛られていた。このズン・パトスがいかに巨大とはいえ、農場や養豚場のような場所まではないだろうから、おそらくどこか他の土地から調達しているのだろう。中国からフィリピンまで悦子を運んできたピルスを使えば、アジア全域からも調達可能だろう。

ただ不思議なのは、食事のパターンが五種類しかないのはまだしも、そのメニューが単純に循環していることだった。つまり彼らには朝食、昼食、夜食の違いがないらしい。だから初日に朝食だったメニューが再び朝食になるのは六日後だった。

とはいえ、食事の質は彼女が村で食べていたものよりも近代的な印象だった。ハイカロリーなのは医者としてわかったが、そこは軍隊の食事を連想させた。

大きな円の方には五〇〇〇人から六〇〇〇人の人間が生活しているとのことだった。

悦子は大島の中も移動することに制約はなかったが、巨大な集合住宅に工場のような場所があり、全体としては全寮制の学校のように見えた。

じっさいここでは教育活動が行われていたようで、悦子が彼らと接触する場面を持つことは意外に少なかった。悦子には自分の仕事があり、学校で学ぶ人たちには、彼らなりの時間割があるようだった。

これまでの悦子なら、こんな場所に置かれれば、施設の隅々まで探検せずにはいられなかった。にもかかわらず彼女が自分に与えられた仕事に没頭するのは、それがとてつもなく面白いからだ。

彼女の仕事場は小島南四で表示される小さな映画館のような場所だった。最初に実験室のような場所を見せられただけに、そこは意外だったが、すぐに理由がわかった。

彼女はまず仕事場で、軽いが触感が石のような画板に似たものを渡された。それは絵を描いたり、文字を描いたり読んだりするものだという。

そしてその画板に浮かぶ記号を操作すると、暗い仕事場に巨人のような人間の立体映像が浮かんだ。本当なら驚くべきなのだろうが、それよりも悦子は、そんな映像を画板の記号を操作するだけで自由にできることに興奮した。

興奮が頂点に達したのは、映像の視点を巨人の身体内部にも移動できることだった。つまり人体の内部を自由に観察できるのである。これは医者にとっては夢のツールだ。しかも身体内部の映像は自由に拡大することができた。組織図としてこれほど完璧なものはないだろう。血管や神経の繋がりを立体的に再現していた。

「これを作るために死体を研究したのか……」

悦子は最初それで納得していたが、すぐにそうではないことに気がついた。その立体映像は活動していた。つまり生体を再現しているのだ。

オリオン二郎は死体を研究しているので、人間の生体についてわからないと言っており、それを研究する手助けを悦子に頼みたいと言っていた。

悦子にはオリオン集団の技術力を評価する能力がないことは自覚していた。彼女に限らず、世界のどこにもいないだろう。

ただ医者として人体を理解することは、オリオン集団といえども容易ではないとも考えていた。オリオン二郎が漏らした言葉を彼女なりに再構築すれば、彼らは宇宙から地球にやってきて、地球ではズン・パトスの内部の方が住みやすいという。

つまり彼らは宇宙での生活に適応するのに、肉体の改造ではなく、快適な環境を構築することを選んだ。重要なのはオリオン集団自身は不老不死を実現しているということだ。そんな彼らでさえ、快適な環境を要求する。

オリオン二郎にしてもその仲間にしても、タンパク質でできているのだから、炎に飛び込めば炭化してしまうだろうし、大気の環境に細心の注意を施しているなら、おそらく窒息死もありえる。そこで言われる不老不死とは、老化と疾病《しっぺい》の克服ということだろう。

それはもちろん画期的なことであり、人類の医学の夢だ。しかし、そんな彼らも超人にはなれない。宇宙から地球へは乗り物が必要だし、地球でも快適な住居を求めている。肉体一つで完結しては生きて行けないわけだ。

それは彼らの科学技術をもってしても、自分たちの肉体や生命を理解することに限界があることを意味しないか？　だとすれば死体を分析したとしても、彼らにとって未知の存在である人間の身体を、ここまで正確に再現するのは容易ではないはずだ。

結論は、この人体模型は誰か現実の人間のそれだ。今現在この人物が生きているのか死んでいるのかはわからないが、模型そのものは生きているときのものが使われているはずだ。

悦子は画板でオリオン二郎呼び出し用の記号に触れると、オリオン二郎の姿が画板全体に現れる。

「何でしょうか？」

「この映像の身体、生きてるわよね？」

それは悦子の訊きたいことの正確な表現ではなかった。しかし、オリオン二郎には通じたらしい。

「生きている人間の協力者からデータをとって、それを再現したものです。ただモデルの動作を再現できても、起きていることの意味が我々にはわからない。何よりじっくり解析する時間がありません。鮎川さんのような方の協力が必要です」

こんなものを見せつけられては、悦子も協力しないはずがないとオリオン二郎は考えたのだろう。悔しいがそれは間違っていない。ともかく人体を知りたい者にとって、これほどの教材はない。

それからは改めて機材の使い方を学び、色々な真新しい概念を会得した。教育は画板で行われ、教師役はオリオン二郎の立体映像だった。

最初の頃は立体映像に手を突っ込んでみたり、頭を入れて内部を確認しようとした。しかし内臓などは見えず、普通の空間があるだけだった。我ながら馬鹿な真似をしているという自覚はある。

同時に、こんな自分をなぜオリオン集団が選んだのかもよくわからない。僻地医療に誇りはあるし、仕事面では自分は有能という自負もある。だが毎回思うことだが、医者が必要というなら自分よりも優秀な人間はいる。

母校である満洲医科大学の教授陣もそうだろうし、ピルスのようなものがあれば帝大の医学部教授を連れてきてもいいはずだ。なぜ自分なのか？　思い当たるのは暗号解読の件くらいだが、そんなもので人選をするとは思えない。

悦子はその質問をオリオン二郎に直接ぶつけたこともあった。しかし、彼の返答は悦子をかなり当惑させた。

「僕らの解釈では、鮎川さんは僕らと共に仕事ができる数少ない地球の人間なんですよ」

「仲良くできるということ？」

しかし、そんな次元の話ではないのは悦子にもわかっていた。要するに適切な言葉が互いの間にない、そういうことなのだ。

「もちろん仲良くできることは大事です。それ以上に大切なのは鮎川さんの思考の柔軟性です。知性はあるが、それだけでなく一つの型にはまらない。僕らはそんな人を求めている。でも、なかなかそういう地球の人はいないんです。いまの段階では鮎川さんが一番です。

それでも教育し、世代を重ねれば違ってくると思いますし、そうでなければ困るんですけどね」

「褒められていると解釈していいのかしら？」

「褒めているわけではありません。我々の認識がそうであるという事実を述べているだけです」

オリオン二郎は言う。確かに褒めるという行為を彼がするとも思えない。ともかく彼らの思惑はわからないが、これが人生最大のチャンスであることは悦子にもわかった。いまはそれだけわかっていれば十分だ。

彼女はそうして、オリオン集団から提供される情報を貪欲《どんよく》に学んでいった。中心は人体の構造や生命に関するものであったが、生きている細胞が分子レベルで動く様などを映像として理解できることは、彼女の学習を大いに助けた。

そうしてわかってきたのは、彼女の知見や疑問に対して、オリオン集団が的確な回答を寄越してくることだった。多くが生きている人体の組織学的、生理学的な質問に関するものので、時には実験が必要なものもあった。

そこで悦子が推測したのは、おそらく自分と同じような境遇の人物が最低でも一人いるということだった。なぜなら人体の立体映像によるモデルだけでは解決がつかない問題も、質問をすれば戻ってきたからだ。

彼女の質問の中には実験や観察が不可欠なものも含まれていた。人体について無知と認めるオリオン集団には、そうした実験が無理ならば、医者の協力者がどこかにいることになる。

逆に、これらの実験がオリオン集団の中で可能なら、あえて悦子にここまで学ばせる必要はない。すべて自分たちでやればいい。

オリオン二郎は、彼女が「現時点での一番優秀な協力者」であるようなことを言っていた。その話を信じるなら、オリオン集団に協力している他の医師は、彼女からみて助手的な作業を担当しているのだろう。

であれば別の仮説が立つ。それは一緒に作業させたほうが効率的なのに、あえて悦子と助手は別に作業させている理由だ。

おそらくオリオン集団はズン・パトス以外に、少なくともあと一ヶ所の拠点を持つということだ。そちらから医者を動かせない事情があるので悦子とは離れて作業しているのか。

彼女の仮説は状況証拠から作り上げたものだったが、それを裏付けるようなことが程なく起きた。

「鮎川さん、来てください。怪我人です」

悦子が学習中に、画板にオリオン二郎の映像が現れ、そう告げた。

「それはあなたの仲間？　それとも人間の怪我人？」

「人間の怪我人です。いま迎えを出しました」

彼女がオベロに初めて接触したのは、その時だった。口をマスクで覆い、両耳にはレシーバーをしている不思議な人物。そんな一人の人物が悦子を案内する。それがオベロという存在であることは、オリオン二郎から後に説明されるが、悦子はその時、妙な被り物くらいにしか思わなかった。

ガラス板には現場の情景が映っていた。オリオン二郎によると、小さな自動車の運転を誤り、転倒したものらしい。悦子が仕事場のドアを抜けると、まさにその転倒したのと同じ自動車が待っていた。

「それに乗ってください。転倒はしませんから」

画板の中のオリオン二郎の声に促されると、オベロの操縦する座席二つの小さな自動車は、車体からは想像できない速度でズン・パトス内部を疾走した。

そして大島の事故現場に向かう。悦子がそのエリアに入ったのは初めてだった。不思議な空間で、船橋の実物大模型のようなものが、体育館を思わせる空間に一〇基ほど、あまり規則性を感じさせない配置で置かれている。

怪我人は事故なのか故意なのかわからないが、自動車で壁に衝突して下敷きになったようだった。現場の周辺は五〇人近い人間が取り囲んでいた。

全員が同じような白い作業着を着ている。みんなアジア人のようだが、民族まではわからない。日本人や満洲人、中国人とも違うようだ。年齢は悦子より若く、男女比は半々に見えた。

「医療設備はある？　輸血とか手術施設！」

悦子は私物らしい私物なしでここに運ばれてきた。医療器具など持参していない。人混みをかき分け、怪我人を診る。出血はしていないようだが、内出血の可能性があり、さらに明らかに骨折している。

「たぶん、使えると思う道具は用意してます」

オリオン二郎の映像がそう言うと、彼女を乗せてきた自動車より長い車両を、先ほどとは別のオベロが運転してやってきた。荷台には手術台のような機材が乗っていて、メスや消毒薬やガーゼ類は用意されていた。

「殺菌は？」

「微生物は問題のない水準まで減らしてます」

やはり自分以外にもオリオン集団には人間の医者がいる。さもなくば人間の生態がわからないという彼らが、これだけの機材を用意できるはずがない。

人混みの中から悦子に、必死に何かを訴えかける若者がいた。年齢は二〇代前半か。言葉はわからなかったが、いきなり画板から彼の音声で「ミゲルは助かりますか？」と声がした。

「意識はあるようだから、生命に別状はないと思う、ともかく検査よ」

悦子の日本語は、予想通り画板から彼女の声質のまま、別の言語に翻訳された。この画板に翻訳機能があるとは驚きだが、ここの若者たちには当たり前のことなのだろう。オリオン二郎は世界中から人を集めるようなことを言っていたが、確かにこんな翻訳装置があれば、言語の問題は解決できるだろう。

車両を運転してきたオベロは負傷者を手術台に載せた。悦子はすぐに服を脱がせるよう指示を出すと、オベロたちは器用に作業を進める。

「嘘っ！」

悦子は思わず声を上げた。どういう原理か知らないが、負傷者の体表面に、彼の体内の様子が投影されている。彼女がいままで学んできた人体の立体映像は、こうした技術の応用だったらしい。

負傷者は動かせなかったが、もしやと思い悦子は画板を彼の身体のあちこちにかざしてみた。案の定、画板の向きを動かせば、彼の体内の様子がそのまま映像として投影された。こういうご時世なので、悦子がいた村でも銃弾を受けて担ぎ込まれる怪我人も年に何人かいた。そうした傷から見れば、状態は悪くない。

田舎の診療所でも手術となれば看護師の助手がいた。しかし、いまは悦子一人だ。周囲の若者たちに頼めないし、オベロを助手にするなど問題外だ。

だが、手術台の両脇から、鉛筆ほどの太さの支柱が四本伸びてきた。材質はステンレスの類に見えた。長さは大人の腕ほどで、じじつ先端部はピンセットのような指がついた手になっていた。これは大昔に読んだアメリカのパルプマガジンに登場するロボットではないのか？　つまり、目の前のこれは手術台型のロボットだ。

「切開部を消毒」

これは助手の代わりなのか？　悦子はそう推論し、画板の映像の切開部位を指で指示し、命じてみた。

推論は当たっていた。機械の腕は二本一組で連携して動き出す。一組の腕は、昇汞水《しょうこうすい》（塩化第二水銀を用いた消毒薬）で事前に消毒したらしい手術糸やガーゼなどを並べ、もう一組は沃丁《ヨードチンキ》を薄めたものを刷毛《はけ》のような道具で塗っている。

ここでも、自分以外に医者の協力者がいるという推論が証明されたと悦子は思った。ロボットの技術水準に比べて、この手術道具も消毒薬も手術手順も、どれもいまの人間の水準だ。

ただ、負傷者の手術という点では、人間に合わせてくれるのはありがたい。違和感なく手術が行えるからだ。

そこから先の手術はすぐに終わった。上腕部の血管が切れていたため、損傷部を切開し、血管を縫合しなければならなかったが、手術設備が整っているため、特に問題はなかった。

「手術は終わったわよ」

ロボットはそれを聞くと、使用済みのガーゼなどを金属製の容器に収めた。捨てるのか、何かの実験にでも使うのか、そこまではわからない。

手術台ロボットは移動し、若者たちは悦子に礼を言う。しかし、そこにオリオン二郎が現れると、若者たちはそれぞれの場所に戻っていった。

「あなたは彼らから恐れられているようね」

しかし、オリオン二郎には、それがどういうことかわからないようだった。

「彼らは為すべきことを理解しているということでしょう」

「彼らは何をしているの？」

「いまこの時間の作業であれば、輸送船を操船するための教育です。むろんそれは一歩に過ぎない。輸送船を操縦することで、他の機械類を操縦することもできる」

「ここは学校？」

するど、オリオン二郎はやや驚いたかのように言った。

「鮎川さんはここで学んでいたのではないのですか？」

6章　ＡＢＤ艦隊

フィリピン人青年の手術をしてからも、鮎川悦子はほぼ一人で人体や生命について学んでいた。ほぼ一ヶ月という短期間だが、彼女は多くのことを理解した。

最初から予想していたことではあるが、仕事場での彼女の様子はすべて監視されていたらしい。そしてオリオン集団は悦子にとっての最適な学習方法を試行錯誤していたようだった。

それがどのような研究によるものなのか、悦子にはわからなかったが、彼女に提供される教材は段々と変化していた。その変化のたびに、彼女は自分の理解が深まってゆくのを感じていた。

ある段階で浮かんだ一つの仮説は、食事に脳の活動を活性化するような薬物が含まれているという可能性だった。そして自分自身でも驚いたことに、彼女はその薬物の構造と作用機序についてアウトラインを摑んでもいた。

彼女の立てた仮説では、その薬物は「万能の天才を作る薬」などではない。観察力を向上させ、そこで得られた事象を過去の記憶と連携させ、パターンを発見する。別の表現をすれば、目の前の出来事に異なる分野の知識を組み合わせ、新しい仮説を立てる能力とでもなろうか。

オリオン集団は、地球の人間にそうした能力をより向上させたいと考えている。それが悦子の結論だった。

そして他に優秀な医者もいるのに悦子がここに招かれたのも、おそらくオリオン集団の基準で、彼女にそうした能力の向上が顕著に期待できるとの判断だろう。

ただ悦子は、その食事に混ぜられているかもしれない薬物の分析を行おうとは思わなかった。いまのところ彼女に扱える機材での分析は困難であった。また食事を拒否できないという動かし難い現実もある。

しかし最大の理由は、薬物であれなんであれ、現状は彼女にとって望ましいという点だ。彼女の人生の中で、これほどまでに徹底して学び、自分は真理に近づいているのだという実感を覚えたことはない。

そんな彼女からすれば、現状を否定するような行為は選択肢にないのだ。

一方で、そんな悦子でさえも、オリオン集団が地球で行っていることの目的はわからなかった。ズン・パトスには驚くべきことに悦子しか医者はいなかった。

学習の合間に先日手術したミゲルという青年を往診するのも悦子の日課になり、ミゲルや彼の友人らと話をすることも増えた。それは分単位の短いものだが、得られることは大きかった。

ミゲルの話によれば、彼は四年ほど前まで貧しい孤島の漁村に住んでいたという。ある日、村の上空に浮かぶ球体が現れたことからすべてが始まった。

球体はスイカほどの大きさだったという。最初は飛んでいるだけで、何の害も及ぼさないので村人も無視していた。しかし、ある時、その球体は村人に話しかけるようになった。大人たちを中心に、村人は球体から逃げていったが、ミゲルのように積極的に話しかける若者もいた。

球体は人間の言葉を話せたが、村のことも人間のこともまったくわかっていなかった。だが一ヶ月もしないうちに、球体は急激に人間の常識を理解した。それはあくまでも小さな村だけで通用する限られた範囲の常識でしかなかったが、互いの理解が深まったのも事実であった。

そしてある時、ミゲルやその一部の仲間が球体に呼ばれ、ピルスに乗って、パトスという施設に案内され、そこで基礎教育を受けたという。そして最近になってズン・パトスに移動させられたとのことだった。

パトスがどんなものかわからないが、オリオン集団はすでに地球に複数の拠点を築いているらしい。しかし、日本も他の国も、そうした動きにまるで気がついていない。気がついていたならば、日華事変もなければ欧州大戦も起きていないだろう。少なくとも地球人同士で銃口を向け合う状況かどうかくらい考えよう。

ミゲルによると、ズン・パトスにいる若者たちのほとんどがミゲルとは別の村の出身だという。ここにいる五〇〇〇人以上の若者らは、フィリピン人やマレー人に限らず、インドや中近東、中国や満洲などの出身者もいるという。

ただヨーロッパの人間はおらず、アジア人でも日本や朝鮮、台湾の出身者はいない。悦子は、ミゲルが出会った初めての日本人とのことだった。

悦子は満洲の診療所のことを思い出す。村で生首を見たという目撃談が増えていた。いままでは怪談と思っていたが、オリオン集団はあの時から鮎川悦子を監視していたのか？

それは自意識過剰としても、オリオン集団はいきなり人間の前に現れたのではなく、彼らなりに然るべき準備を経ていたようだ。

ただ、それだけの手間暇かけて世界を調査し、広い意味での植民地世界の若者を選別し、教育を施す理由がわからない。

オリオン二郎によると、オリオン集団は主要国とも接触をとっているらしい。しかし、人数という観点では、主要国は従であり、植民地世界との接触が主に見える。

しかし悦子は、この疑問を直接にはオリオン二郎に尋ねることはしなかった。その代わりいままで以上に学習に励んだ。彼女にとって、オリオン集団の提供した知識をより理解し、それにより自分の力でこの謎を解くことを一つの課題としたからだ。

そんな時に悦子はオリオン太郎に呼ばれた。そこはピルスの格納庫で、彼女の他にも、男女合わせて二〇〇人ほどの人間がいた。

「これから日本に向かいます」

オリオン二郎は英語でそう言った。悦子も英語が得意ではなかったが、この程度の意味はわかる。それにあくまでも主観だが、ズン・パトスに来てから英語力も向上した気がしていた。

「日本に行って、どうするの？」

「彼らには船員としての仕事が。鮎川先生と若干名は大使館職員として働いていただきます。もちろん学習は続けられますよ」

悦子はその話に乗ることにした。大使館という存在が気になったためだ。それに学習が続けられるなら、問題はない。

こうして一同は、ピルスに乗って日本を目指す。昭和一五年一〇月二〇日のことだった。

＊

昭和一五年一一月五日。米アジア艦隊所属の軽巡洋艦マーブルヘッドの艦長は、アーサー・Ｃ・ロビンソン中佐であった。

同艦はオマハ級軽巡洋艦に分類されているが、設計が始まった当時には偵察巡洋艦として考えられていた。呼称が変わったのは、海軍軍縮条約を締結するために、艦艇の呼称とスペックの上限を定義しなければならない都合である。巡洋艦としては変わったところはない。

計画されたのは一九一六年、竣工は二四年であり、艦齢は比較的古かったが、諸外国に先駆け偵察巡洋艦としての能力向上の意図で、二機の偵察機を搭載するなど、当時としては先進的な設計であった。

そしてマーブルヘッドがその任務を与えられたのも、偵察能力の高さを期待されてのことだった。砲火力も一二門の一五センチ砲を搭載し、大抵の問題には対処できたから、万が一にも戦闘が起きても安心と考えられたのだ。

「航海長、どう思う？　要塞など存在すると思うかね？」

ロビンソンは傍にいる航海長のアンドリュー・ヒギンズに話をふった。

「要塞以前に、そんな場所に島嶼《とうしょ》があるというのが信じられません。ベーリング海や南極海のような極地の海に、未発見の島があるというならわかります。

しかし、レイテ島の沖合に我々の知らない島があるというのは信じられません。仮にそんな島が実在したとしたら、イギリスやオランダ、日本が領有を主張していても不思議はない。海上交通の主要航路にも近いのですから。

にもかかわらず、いままで誰も発見できていない」

ヒギンズの言う通りだった。二〇世紀の今日《こんにち》、世界の海に南極大陸以外の帰属不明の陸地などない。まして如何に島嶼が多いとはいえ、海図にもない島がフィリピンにあるはずがないのだ。

しかし、ここ数ヶ月、未知の島の噂や報告は急増していた。正直、それらの報告はバラバラで、信憑性は決して高いものではなかった。

一番多いのは、円盤形あるいは四角形の飛行機が飛んでいるというものだった。それらは時に漁船や貨物船を挑発するかのように、マストのスレスレを飛び抜けて行ったこともあったという。

また主に漁民からの報告で、レイテ沖の海上に全長一キロ未満の瓢簞《ひょうたん》形の島があるという。

一キロ未満の瓢簞形の島。この程度なら可能性も無くはない。しかし、報告者の証言はここから俄《にわか》に信じがたくなる。曰く、その島は海中から伸びている無数の柱の上に乗っており、周囲はガラス窓で断崖絶壁となっている。

細かい描写は異なるが、最大公約数はこんなところだ。しかも円形とか四角の飛行機も、この島に離着陸しているらしい。

漁民たちは島というが、素直に解釈すれば海底に杭を打って、その上にガラス窓で囲まれた巨大なビルが建設されているということだろう。しかも、そのビルには飛行機が離着陸できる。

それはロビンソン艦長の子供が読んでいるパルプ雑誌に登場する未来都市ではないか！

ただ、ガラスの巨大な島などという話はともかく、何者かがレイテ島の沖合に何らかの施設を建設した可能性は高い。

例えば、イギリス軍は浅瀬に橋脚を立て、その上に防空陣地を建設する計画があるという。そうした陣地と同様なものを建設することは十分可能だろう。

いままで島嶼がなかった場所から、こうした噂が報告されるというのも、浅瀬に橋脚を立てたからではないだろうか。じじつ柱の上にビルがあるという報告は一つや二つではない。

ここで無視できないのは、飛行機の目撃談はあるのに、問題の施設で火砲の目撃がないことだった。つまり施設は武装しているわけではない。

そうしたことから考えるなら、その施設は洋上の偵察基地の類だろう。フィリピンの無線通信を傍受し、周辺海域の艦船の動きを探る。要するにスパイである。

そんな施設を建設する能力と意図があるのは、日本以外に考えられない。日米関係が緊張している中、アメリカの動向を探るというのは十分あり得ることだ。

ただ、日本だとしても疑問はある。偵察なら潜水艦でも使えば良さそうなものなのに、野戦築城まで行っていることだ。発見されれば逮捕される覚悟がいるし、通信基地が接収されれば、通信に関する軍事機密がアメリカの手に渡る可能性も考えねばならないだろう。

あるいは日本軍などではなく、単なる海賊のアジトなのかもしれない。ある意味その方が話は早い。海賊相手なら、問答無用で砲撃を仕掛けても警察行為の範疇《はんちゅう》で処理できる。外交問題にはならないのだ。

生憎《あいにく》と軽巡洋艦マーブルヘッドにはレーダーは搭載されていない。あのような機材は戦艦とか空母のような大型艦でなければ搭載できないからだ。

しかし、自分たちには偵察機がある。ロビンソン艦長は、まず偵察機を飛ばすことにした。ともかく相手の正体が不明では対策も立てられないではないか。

複座のシーガル水上偵察機は最新型ではなかったが、汎用性と信頼性からフィリピンではいまも現役だった。これだって登場したのはわずか六、七年前でしかないのだ。

偵察機からの報告は、到達範囲が狭い無線電話ではなく、遠距離まで到達する電信で送られてきた。

「調査海域に到達。問題の島嶼を認める。全長三〇〇フィート（約九〇〇メートル）、幾何学的な大小二つの円盤が連なった形状。人工的な構築物の可能性あり。調査を続ける」

その報告はロビンソン中佐を当惑させた。確かに、それくらいの大きさと形状の島に関する多数の証言があり、自分たちが調査に赴いているのもそれが理由だ。

しかし、そうした報告は無教養な現地人漁民らのものであり、話半分程度の真実しか含まれていないと思っていた。だが彼らの報告は正しかった。

航空偵察であり、三〇〇フィートという報告が過大なもので、実際は二〇〇フィート（約六〇〇メートル）だとしても、問題の不自然さに違いはない。

自分たちが気がつかないような短期間に、二〇〇〇フィートもあるような構造物を建設できるか？　日本には無理だろうし、アメリカ合衆国の技術でも可能かどうかわからない。

「火星人が実在するというのか？　まさかな……」

じつはロビンソン艦長だけは、作戦開始前に米アジア艦隊司令長官トーマス・C・ハート海軍大将より直々《じきじき》にブリーフィングを受けていた。

それは日本やドイツが火星人と接触を持っているという奇想天外なものだった。

それを口にするハート大将自身が、命令だから伝達するが海軍軍人としてこんな馬鹿げた話は口にしたくない、という意思を全身で表現していた。

ロビンソン艦長にだけ直々に伝えたのは、秘密管理の問題もあっただろうが、自分が本国からの与太話を口にするのは最小限度にしたいからとも思えた。

国務省には世界各国の大使館などから情報が送られているようだが、それらは頭が痛くなるようなものだった。

まずドイツは、カルト宗教団体であるトゥーレ協会が、宇宙の聖霊と交信するためにオリオン座に電波を送ったのが、そもそもの発端であるという。

トゥーレ協会が宇宙の聖霊と思ったものは火星人（別の宇宙人との説もある。ここの証言も必ずしも一致しない）からの電波だったが、彼らと火星人との交流は途絶する。それは火星人が、カルト団体であるトゥーレ協会の不合理な思想を見限ったためと言われる。ただ火星人は、この交信の過程でドイツ国防軍の情報部と接触し、無線通信の交流を行っているというものだった。

ロビンソン艦長は、こんな馬鹿げた内容を国務省に報告した外交官の心臓に感心するだけだ。しかし、これなどまだ序の口だった。日本からの報告はもっと酷い。

日本に現れた火星太郎と名乗る火星人は飛行機で追浜に着陸し、日本海軍に身柄を拘束されたという。ロケットではなく飛行機で火星からやってきたという時点で、在日アメリカ大使館は報告を思いとどまるべきとロビンソン艦長は思った。それはハート大将も同様なのが見てとれた。

しかも火星太郎は、羊羹《ようかん》や餡《あん》パンを食べるばかりで、何一つとして身になる情報を日本に提供せず、徒食の日々を送っている。しかし、日本の委任統治領内に、火星人の基地が建設された疑いで、艦隊が調査に赴いた……もう無茶苦茶だ。

もっともハート大将によると、国務省ばかりを責めるわけにもいかないという。日米関係の悪化やヨーロッパでのドイツ軍のフランス占領、さらにヒトラー暗殺にスターリンの死去と、国務省が抱える重要案件は多岐にわたる。

る。そしてヒトラー暗殺を含め、政治的な変化を読み切れなかったという思いが彼らにはある。だからその反動で、火星人がどうのという情報まで流れてくる。

「これは私見だが、火星人という単語に国務省は目を曇らされているだけで、彼らはおそらくは正しい方向に矢を放っている。つまり欧州大戦の中で複数国家にまたがる政治勢力が個々の国家に影響力を及ぼそうとしている。

ドイツにせよ日本にせよ、武力で国際秩序を変えようとしている。そうした力を利用して事を起こそうとしている勢力がいるのだ。そんな勢力がフィリピンに潜伏しているならば、早急に対処せねばならん。アジアが戦乱に巻き込まれてからでは遅いのだ」

ロビンソン艦長は、ハート大将の解釈がもっとも妥当なものと思った。おそらく各国大使館職員の火星人という言葉には、さまざまな意味が詰め込まれていたのだろう。

ハート大将の私見を聞いてから漠然とではあるがロビンソン艦長も、日本国内での海軍の南進策を支持する動向とは別に、各地で盛んになる民族主義運動が一つの勢力になる可能性も考えた。

フィリピンにしても一九三五年一一月から、コモンウェルス政府が一九四六年の完全独立を目指して暫定政権を担っていたが、実質的にアメリカの統治下にあるのは変わらない。そのことになお不満を抱える勢力もあると聞く。それは無視できる動きではないだろう。

しかし偵察機の報告は、本当に火星人の仕業であるかのようだった。

謎の島嶼は火星人が作り上げたものではないのか？　ロビンソン艦長自身が信じられないこの可能性は、ますます有力な仮説になりつつあった。

偵察機一号が、音信不通になったのだ。無線機の故障も疑われたが、偵察機は燃料がなくなるはずの時間を過ぎても帰還しなかった。

これは判断が難しい。墜落したのは間違いないだろうが、それは偵察機の機械的なトラブルなのか、あるいは撃墜されたのか？

ただ撃墜の可能性は低いとロビンソン艦長は思う。たとえば問題の拠点が海賊なり民族主義者のアジトであった場合、彼らが攻撃したとしても素人に軍用機など撃墜できるものではない。

拠点がやはり日本海軍のものだとしたら、確かに撃墜は可能かもしれないが、逆に一国の軍隊が無警告でアメリカの軍用機をフィリピン領内で撃墜するとは思えない。

攻撃してくるだろう相手は撃墜能力がなく、撃墜能力がある相手は攻撃意図がない。いずれにせよ偵察機は撃墜されない。撃墜能力と攻撃意図の両方があるとなれば、火星人ならあり得るが、ロビンソン艦長はそんなものなど信じていない。

なので彼は二機目の偵察機を出す。不時着しているなら救助する必要がある。問題の島嶼に向かうなら、その航路上のどこかに不時着水しているはずだ。

しかし、二機目からの報告は、そうした予想を裏切った。

「一号機の残骸を発見。破片は広範囲に展開し、空中分解したものと思われる」

無電による報告は簡潔で意味も明解だ。一号機は撃墜されたのだ。偵察機といえども軍用機である。無線報告もできないほど瞬時に撃墜されることなど考えられない。

そう思っている間に、二号機とも音信不通になった。何があったのかわからない。わかるのは、偵察機が問題の施設に撃墜されたということだ。

この事実に恐怖を感じた乗員は、ロビンソン艦長を筆頭に一人もいなかった。むしろ撃墜された搭乗員たちの復讐に闘志が高まったほどだ。

特に砲術科の将兵は、一五センチ砲弾に死んだ偵察機搭乗員たちの名前を書き、彼らを撃墜した相手にそれを撃ち込むことを誓った。

そうして数時間後、ついに軽巡洋艦マーブルヘッドは問題の海域に到達した。双眼鏡には確かに報告された島が見える。

「大きい島は直径一三〇〇フィート、小さい方は一〇〇〇フィート、島の頂上の海面からの高さは二六〇フィートと推定される」

　ロビンソン艦長は双眼望遠鏡で、相手の大きさを読み取ってゆく。それらはすぐにアジア艦隊司令部へと報告される。

　ロビンソン艦長は視野の中に見える建築物に当惑していた。無教養と馬鹿にしていた漁民たちの報告が、誇張でも見誤りでもなく、事実であったことにだ。

　信じ難い報告なので、そう思っていたのだが、これが現実であることを知ったいま、どう解釈すべきかがわからない。だが、彼が視線を海面に移した時、撃墜された偵察機の残骸が浮いているのが見えた。そこで彼は我に返った。

「あの島に接近し、上陸する」

　ロビンソン艦長は決めた。外観からすれば、どこにも上陸できそうな場所はない。断崖絶壁で、しかも崖の表面はガラスのように見える。しかし、この施設を利用している何者かがいるからには、船から出入りできる何かがあるはずだ。

　彼は乗り組んでいる海兵隊員と船員たちで臨時の上陸部隊を編成する。今回の任務の性格から、マーブルヘッドには五〇名の海兵隊が乗り込んでいた。それで十分と思っていたが、あの島に行くには増員が必要だろう。

　問題は、相手にこちらの意図をどう伝えるかだ。無線で呼びかけるとしても、適当な周波数がわからない。とりあえず短波、中波、極超短波などで呼びかけるとして、信号機でもメッセージを送る。

それでも反応がなければ、威嚇射撃を行う。相手がこちらの偵察機を撃墜したからには、こちらの呼びかけに無反応ではないはずだ。

そのロビンソン艦長の予想は、意外な形で的中した。問題の島から飛行物体が飛び立ったのだ。ロビンソン艦長には垂直に離陸したように見えたが、それは遠距離だからだろうと彼は思った。

しかし、その飛行物体は急速にマーブルヘッドに接近してきた。形状が肉眼でもわかるほど接近するまでは三分もかかっていない。だとすれば、あの物体は音速近い速度を出していることになる。

飛行機なのはわかったが、それはマーブルヘッドの乗員の誰もが目にしたことがないものだった。機体は大型爆撃機並みに大きいが、形状はマットレスのような四角であり、小さな四枚の翼はあるが主翼に相当するものはない。

さらに驚くべきことに、音速近くで飛んできたその物体は、自分たちの手前一五〇〇フィート（約四五〇メートル）、艦橋とほぼ同じ高度で停止した。そうして空中で静止し、コクピットらしき先端の部分をマーブルヘッドに向けている。

「信号員！　あの物体に所属を述べよと伝えろ！」

すぐに艦橋のウイングから、信号員が光の点滅で物体に通信を送った。ロビンソン艦長は、相手がどんな返答を送ってくるのか待っていた。彼は悟っていた。いままで馬鹿にしていた火星人の存在こそが事実であったことを。

目の前の飛行物体は、明らかにアメリカのいかなる軍用機よりも進んだ技術で作られている。あのような飛行機があれば、世界の覇権を握れるだろう。

おそらく偵察機はあの飛行機により撃墜されたのではないか？　そう考えた時、ロビンソン艦長は部下の復讐はいまは忘れるべきではないかと思った。

ハート大将の情報が正しいなら、火星人は日本やドイツとの接触があるという。たとえば日本が火星人からあのような飛行機を提供されたなら、アメリカ合衆国の安全保障に深刻な脅威になりかねない。そうであれば国益を考え、火星人に対して喧嘩腰の対応は避けるべきだ。

「早く返事を寄越せ」

ロビンソン艦長は、静止しているだけの飛行機を見ながら口の中が乾いていた。

信号を送って一分も経過していないが、艦長には一時間にも感じられた。

そして飛行物体に動きが出る。胴体下部の扉が開き、金属製の筒を複雑な装置類が囲んでいる機械が取り出された。

「爆弾か？」

それがロビンソン艦長が思ったことだ。翼の生えた魚雷のようなものが現れる。その魚雷状の物体は飛行機から投下されたが、すぐにエンジンが作動したかのように、急激に速度を上げ、マーブルヘッドに向かってきた。物体にはプロペラは見えなかったが、波浪を巧みに避けながら極低空を高速で接近してくる。対空火器が撃墜を試みるも、高速すぎて照準が定まらない。物体はさらに速度を上げながらマーブルヘッドの水面下の舷側に衝突した。

巨大な水柱が上がり、船体全体に激しい衝撃が走った。ロビンソン艦長らもその衝撃で倒れてしまった。

命中弾は一発だけだったが、この一発で機関部は壊滅し、そのまま大量の海水が艦内に流れ込んだ。そうして何の対策も講じられないまま、急激に傾斜し、一瞬で転覆した。

ただ短時間で沈没したにもかかわらず、五〇〇人近いマーブルヘッドの乗員のうち、甲板に待機していた海兵隊らを含め、一〇〇名ほどが海上に脱出することができた。

軽巡洋艦は爆撃を受けたわけでもないため、甲板の上は艦橋以外は無傷だった。まだ浮いている間に決断力のある水兵らがカッターやランチを海面に降ろすことができた。このため脱出できた乗員たちは、辛くもそれらに乗り込むことができた。

彼らは問題の島から可能な限り離れようとした。マーブルヘッドを撃沈した飛行機は、逃げてゆく将兵には何もしなかった。

＊

昭和一五年一一月一五日。野村吉三郎《のむらきちさぶろう》外相はワシントンにいた。日本からはオリオン太郎の協力によりピルスで移動した。すでにオリオン集団から大使館を経て、日本国政府用に一機提供されていた。

ピルスの操縦はオリオン集団の大使館職員が担当していたが、それは明らかに人間で、オリオン太郎によるとフィリピン人であるらしい。どうしてフィリピン人なのかはわからない。その説明はなかった。またオリオン集団の大使館職員に対して、日本政府から何ができるわけでもなかった。

本来ならオリオン集団の所轄官庁は外務省であるはずだが、これに関しては陸海軍統合参謀本部の担当案件となっていた。

それは、オリオン集団の大使館職員の大半が地球の人間とは思っていなかったことも大きい。要するに相手が人間ではないなら、外務省の管轄ではないという理屈だ。言い換えるなら外交官のエリート意識とも言える。ただ、現実は予想を裏切ったということだ。

一番の驚きは、あちら側が地球で集めた大使館職員の筆頭が、鮎川悦子なる女性であることだった。

オリオン太郎は大使館職員の経歴等について「外国」には非公開という立場であった。ただ女医であることだけはわかったので、その正体は調査された。そして満洲で医者になり、関東軍の作戦に参加し、八路軍の捕虜になったと思われていた人物であるのがわかった。

オリオン集団が中国と接触を持っていたことは、藤井啓之助臨時全権代表の報告からもわかっていたが、日本人の鮎川がオリオン集団側の地球人代表というのは素直に喜べない気が野村外相にはした。

しかし、現時点ではそれによる影響はあまり感じられない。オリオン集団側からは日本政府用にピルスの活用が許可されたが、それとて鮎川とは無関係だろう。もともと日本政府から要求していた案件だ。

じっさいピルスの効用は大きい。ワシントンとの交渉でさえ、その気になれば日本から日帰りで可能だ。ただアメリカはピルスの存在を知らないと思われ、だからワシントンに乗り込む前には、途中で駐米大使に自動車を手配させ、乗り換えるくらいの手間はいる。

今回のワシントン入りも日帰りだ。野村外相の仕事は、コーデル・ハル国務長官とともに書類にサインすることだ。ほとんどの内容は事務方が固めている。

野村はそれでも、調印される書類に車内で再度目を通す。『日米通商航海条約の暫定協定』、それがサインすべき書類である。『日米通商航海条約』はアメリカ側に更新を拒否されたが、これは再締結の交渉を行う前に、暫定的に貿易ルールを定めるというものだ。基本的な内容は『日米通商航海条約』と大差ない。ただ国際金融がらみの条項が、期間限定ながら追加された。ニューディール政策でアメリカ経済は最悪期を脱したものの、経済状況は磐石《ばんじゃく》ではない。

鉱工業生産は上向いたが、これはヨーロッパでの戦争状態に負うところが大きい。失業率も減少傾向ながらも一四パーセント近くある。こうした中で、一際目立つのは日本向けの輸出であった。日本政府がアメリカ国内に持ち込んだ金塊を根拠として、消費財の大量買い付けを行ったことは、アメリカ経済を大きく刺激していた。何よりも日本が持ち込んだ金塊が最終的にアメリカの市場に放出されることの意味は小さくない。

この状況に、いままで難航していた『日米通商航海条約の暫定協定』の話が一気に進んだのだ。国際金融と日本経済がリンクする環境が整備されることは、日米双方にプラスになる。日本が円ブロック内でいくら貿易を行っても外貨は一文も入ってこないのだ。

ワシントンの国務省で野村外相は丁重に迎えられた。決められた段取りに乗っ取り『日米通商航海条約の暫定協定』はあっけなく調印されたが、現場に新聞記者などはいなかった。

アメリカ政府としては、日本の中国侵略への抗議という意味での条約破棄であったから、暫定協定についてあまり大袈裟に報道したくないのだろう。ただハル国務長官が日中間の停戦協定の交渉が進んでいることを知っているか否か、そこまではわからない。ただ何も知らないということはないだろう。日中の停戦には多額の金塊が動く。これは経済の影響と同じである。

国民党政権が幣制改革を行ったとき、英米の銀行が出資によって支援したのは誰もが知っている。昨年にも英米は香港に基金を設けて、その法幣支援を行なっている。

中国の通貨としては、日本の傀儡《かいらい》である汪兆銘政権の連銀券があったが、中国への浸透は限られていた。たとえば租界では連銀券は通用せず、国民党政権の法幣だけが通用した。なにしろ法幣は外貨と連動していたので国際金融とつながっていたからだ。

このため日本軍の華南方面の占領地では、法幣との交換を保証することで、連銀券の信用を担保するという有様だった。

この構造が、オリオン集団の金塊により、最終的に連銀券が法幣に統合される形で幣制の統一が行われ、停戦を可能とする経済的環境が整うのだ。

この大きな動きが、法幣を支えてきた英米に伝わらないわけはなく、注意すべき動きと解釈されるだろう。おそらくアメリカ国務省の融和的な動きは、そうした影響もあるのかもしれない。

以前なら、こうした場では形式的な予備交渉ののちに調印となり、その後は晩餐会だが、今回は調印という実務だけだ。それは異例だが日米ともに世論を意識して、条約の重要性に比して実務は簡素に行われた。

「ここからの話は非公式なものですが、よろしいか？」

ハル長官がそう話しかけてきた時、野村外相はそれがオリオン集団に関するものではないかと直感した。

「非公式でも返答できないことはありますが、よろしいか？」

「まぁ、それは当然でしょうな」

そう言うとハル国務長官は、スタッフに応接室の外へ出るよう身振りで促す。野村外相もまた随員たちに下がるように命じた。

「率直に伺いたい。日本政府と火星人あるいはオリオン人の関係は？」

ハル国務長官は野村外相の予想通りの問いを発した。

「オリオン人ではなく、オリオン集団です。それが何を意味するのか我々にもわかっていない」

野村外相の説明に、一瞬だがハル国務長官の表情に落胆の色が見えた。オリオン集団について、日本がアメリカ合衆国より情報に通じていることを確認したためだろう。

「そのオリオン集団と日本は、外交関係を築いているという報告があるのだが、事実なのだろうか？」

オリオン集団の大使館所在地は排水量二〇万トンの客船である。東京湾は水深が浅いので都内から姿を見ることはできず、ほぼ銚子沖に停泊していた。海軍の駆逐艦が周辺を航行する船舶を追い払うので、国務省職員が大使館を見ることは難しい。

だが外務省には親米派も少なくない。アメリカ人脈から、不完全でも情報が流れるのは不思議ではない。ただ外務省でもオリオン集団関係の情報は機密管理が厳格であり、ハル国務長官の質問が漠然としているのはそのためだろう。

「特別に法律を作り、国家と認めてはいないが、それに準じるものとして外交関係を結べるようにはしている。具体的な内容は控えさせてもらうが、現時点において、我々は彼らから技術的あるいは軍事的な支援は一切受けていない」

野村外相は、ハル国務長官が一番知りたいであろう情報を明かした。

「経済は？」

「両者の満足のゆく形を模索しているが、まだなっていない。だからこそ貴国との貿易が重要になる」

野村の返答をハル国務長官がどう解釈したのかはわからないが、日米の状況を考えるなら、オリオン集団という特殊な存在に対する情報開示はここが限度だろう。

アメリカに対する情報開示が限定的なものにならざるを得ないことが、理想の状態であるとは野村外相も思ってはいない。しかし、元海軍軍人で国際法の専門家でもある彼には、国際政治の現実も見える。彼が若い頃にはイギリスは同盟国であり、やがて同盟は解消され、いまは敵とは言わないまでも必ずしも友好国とは言い難い。

アメリカとは日露戦争までは比較的良好で、九カ国条約が結ばれた頃には、アジアの勢力はイギリス・フランス対日本・アメリカという構図の時も多かった。

ことほど左様に、同盟だの友好国だのというのは移ろいゆく。かつての敵国だったドイツと三国同盟を結ぼうという騒動があったのも記憶に新しい。

結局、自分たちは国益を追求するために働かねばならず、オリオン集団についても、その文脈で交流の仕方が決まる。いまはアメリカよりも優位な立場を維持するのが国益にかなう。それが野村外相の考えだ。

「日本の委任統治領に、そのオリオン集団だったか、彼らが基地を建設し、日本は艦隊を派遣したと聞いた。それに関する報告書などを提供してもらうことは可能だろうか?」

ハル国務長官の要請に、野村外相は冷静さを維持できはしたが、内心ではかなり驚いた。新鋭艦艇を揃えた第四艦隊にウルシー環礁で何があったか、それを教えて欲しいと国務長官は言っているのだ。

互いに仮想敵国である日米で、そんな情報交換が行われるはずがない。結局、それは軍事機密を明らかにしろというようなものだからだ。たとえば戦艦金剛の射撃用電探の存在一つとっても、アメリカに開示できるようなものではない。

「国防に関わるそうした報告書の提供はできない。それは貴殿も理解いただけると思うが」

ハル国務長官も、それ以上は要求しなかった。無理というのはわかっているためだろう。あるいは欲しがっているのは国務省ではなく、米海軍省なのか?

「合衆国として確認したいことがあるので、こうした異例の要請をしたのだ。他言無用に願いたいが、フィリピンにもオリオン集団の基地が見つかった。我々としては、そのような存在を看過できない。フィリピン独立は既定のことだ。しかし、ここでオリオン集団などに治安を乱されるわけにはいかんのだ」

ハル国務長官のその言葉で、野村外相は一つの疑問がつながった。ピルスの操縦者はフィリピン人だった。何がどうなっているかわからないが、オリオン集団はフィリピン社会に密かに浸透している。そしてその事実を、アメリカ国務省の視点では民族主義者の闘争と結び付けているのだ。

「日本国の外相として報告書の提供はできかねるが、質問があれば、答えられる範囲でお答えしよう」

親米家の野村外相にできるのは、それが限界だった。

「二つ確認したい。

一つ、オリオン集団は攻撃を仕掛けてきたか？

もう一つ、艦隊は生還したのか？」

おそらくアメリカは、ウルシー環礁に派遣した第四艦隊の編制については把握しているだろう。任務以外は秘密にしていたわけではなく、編制の大枠程度は容易に分析できよう。

「小職は、派遣された艦隊の行動について詳細に把握しているわけではないことを先にお断りしておく。

その上で返答すれば、オリオン集団からの挑発や攻撃はあったと聞いている。そして艦隊についてはほぼ無傷である。負傷者は出たが戦死者はいなかったと聞いている」

「ありがとう、合衆国を代表して感謝する」

ハル国務長官は手を差し出した。野村外相は国務長官と握手をした。一抹の罪悪感を覚えながら。

＊

昭和一五年一一月一六日。アメリカ合衆国のワシントンで野村・ハル会談が終了して、数時間後。一二時間の時差があるフィリピンのマニラでは、翌日の午前である。

「日本も一戦交えた経験があるのか」

米アジア艦隊司令長官トーマス・C・ハート大将は、待ち望んでいたワシントンからの緊急電に、到着と同時に目を通す。そこには野村吉三郎からの証言などがまとめられていた。

緊急電によると、宇宙から地球に来ているのは火星人ではなく、自分たちをオリオン集団と名乗っており、日本の委任統治領に秘密基地を建設していた。日本海軍は艦隊を差し向け、武力衝突は起きたものの艦隊は生還したという。

アジア艦隊司令部も、日本海軍の第四艦隊が九月下旬に活動していたことは把握していた。戦艦や空母を擁する大艦隊がウルシー環礁まで移動して戻ってきたという不可解なものだ。

後日、潜水艦スタージョンを偵察に出したところ、島には瓦礫《がれき》が山を成しているだけで、施設も何もなかったと報告している。

野村の話と照らし合わせれば、艦隊がオリオン集団の拠点を破壊し、彼らは撤退したと解釈するのが自然だろう。

じつはオリオン集団についての情報は、国務省からだけではない。日本の外務省や軍部、経済界からも情報は漏れていた。提供者の官階が必ずしも高くないこともあり、提供される情報は玉石混淆だった。

彼らは金目当ての人間でも、売国奴でもなく、むしろ愛国者で親米的だという。つまり日本だけがオリオン集団の情報を独占することで軍事技術面で優位に立ち、英米に対して戦争を仕掛ける可能性を阻止するため、アメリカに情報を提供したというのだ。

ただ、最高レベルの内通者ではないことと、物証がないことから、国務省はこれらの情報を参考程度にしか扱ってはいない。目新しい情報が含まれていないことと、これさえも日本側の謀略である可能性も否定できないためだ。

それでも、日本が内心でアメリカとの開戦を望んでいないことを確認できた点は、国務省としては収穫であったらしい。

じつのところオリオン集団に関する問題で、ハート大将をはじめとして、米海軍や合衆国政府が危惧しているのは日米開戦とは別のことだった。

「司令長官、会議の準備が整いました」

電話を受け、彼は自分のオフィスから会議室に向かう。その途中で、窓から外を見る。米アジア艦隊司令部の建物には、米海軍とは異なる軍服の海軍将校を乗せた自動車が何台も乗り付けていた。それらはのちにＡＢＤ艦隊（American-British-Dutch Fleet）となる部隊の関係者だった。

会議は関係諸国の陸海空軍の将官を集めるのではなく、あくまでも海軍関係者の集まりと限定されていた。これは国際情勢が複雑な中で、アメリカ、イギリス、オランダの三国の連合軍を構築した場合に、日本を過度に刺激することを恐れたためだ。

作戦を成功させるには日本の中立が必要不可欠であるからだ。『日米通商航海条約の暫定協定』により、日米間の貿易は再び以前のように復活したが、条文には目立たないが重要な項目があった。

それは「双方の艦隊が寄港した場合には、必要な補給物資を提供する」という、さほど問題とはならない文言だ。事務方レベルでは、双方の海軍が教育の一環として遠洋航海に向かう際に、補給などの協力を行うものと漠然とした解釈がなされていた。

しかし今回の作戦では、この文言が作戦の成否を決めると言ってもよかった。なぜならば真珠湾からの戦艦と空母などの主力部隊の補給は、日本で行うことになっていたためだ。然るべき規模の艦隊に補給と整備の場を提供できるのは、アジアでは日本しかないといってもいいだろう。

この会議が野村・ハル会談の翌日に設けられたのもこのためだ。この日本での補給問題が実現可能であることが確認できた後でなければ、作戦の検討などできないのだ。

この会議のために集まったのは、ホストである米アジア艦隊のトーマス・ハート大将を除くと、イギリス海軍の東インド艦隊司令官のラルフ・リータム中将、そしてオランダ東インド海軍司令官のエミル・ランバート・ヘルフリッヒ少将、さらにその傘下の艦隊司令官としてカレル・ドールマン少将の四人の将官だった。あとは彼らの随行員やスタッフである。特にオランダ海軍の将官の脇には通訳が伴われていた。それでも人数は最小限度に抑えられている。

ハート大将が会議室に入ると、全員が起立した。彼は鷹揚《おうよう》に参加者に着席を促す。

会議室に集まった将官を含む十数人の前に、資料として封筒に入れられた写真が配布される。同じ写真でも参加者ごとに異なる数字が刻印されていた。万が一にも情報が流出した場合に、漏洩元を特定するためだ。

「会議の前に諸君に朗報を伝えたい。真珠湾に集結した部隊は日本での補給が可能となった。言うまでもないことだが、本作戦には日本海軍は参加しない。それもまた確認できた。ここもまた朗報と言えるだろう」

議長役のハート大将がそう口火を切った。今回の会議が招集された理由は二つある。一つはＡＢＤ艦隊の編制についてである。これはフィリピンやマレー半島のシンガポール、蘭印の防衛を目的に、アメリカ、イギリス、オランダの現地海軍部隊により創設される艦隊である。

ただこの艦隊については、国際情勢の緊迫化に備えたもので、特定国（とは日本の意味であるが）を意図したものではないとされ、これについては日本の外務省にもすでに説明はなされていた。

中心となるのはアメリカ海軍で、総勢三二隻の艦隊の中で、真珠湾からの増援を含め、ほぼ半数の一五隻が米艦艇だ。イギリス海軍からは一一隻、オランダ海軍からは六隻だった。

このＡＢＤ艦隊の編制については、すでに事務方の折衝で大枠は決まっており、この会議では将官たちが承認すれば成立するようになっていた。

じっさい蘭印のオランダ海軍を除けば、アメリカ海軍もイギリス海軍も真珠湾やインドから部隊をすでに移動している。ＡＢＤ艦隊が創設されるのは、すでに既定のことである。

そうまでして編成されるABD艦隊の目的は何か？　それが今回の会議の主要議題である、理由その二であった。

「手元の写真を見ていただきたい」

ハート大将が促す。写真は他にもあったが、友好国といえども、自分たちの偵察能力を必要以上に公開するつもりは彼にはなかった。この場の将官たち全員がそう考えるだろう。

会議室で封筒に触る音が広がった。そして低い、どよめきが起こる。

「これは撃沈された軽巡洋艦マーブルヘッドの乗員が、救命艇から撮影した敵の要塞の写真だ」

ハート大将はここではっきりと「敵の要塞」と断じた。ただ写真を見ただけでは、要塞とはわからない。海中からいくつもの柱が出ていて、その上にガラス張りのビルが乗っているようにしか見えないからだ。要塞からイメージするような大砲の類はない。

「この要塞から飛行機が飛び立ち、それが航空魚雷を投下し、マーブルヘッドは撃沈された。細目《さいもく》には違いがあるが、生存者からの聞き取り調査では概《おおむ》ねそうしたものだ」

ハート大将が指示すると、会議室の正面の壁に、フィリピンを中心とした地図が張り出される。

「その要塞は、レイテ島の東方沖合、ちょうど領海ギリギリの辺りにある。もっとも長いところで全長は二〇〇〇フィート、つまり六〇〇メートルほどになる。幅は一五〇〇フィートほどだから、四〇〇メートル以上はあろう」

ハート大将はオランダ勢にも配慮して説明を続ける。彼にとって、作戦における不安要素の一つだ。六隻の艦艇といえども、円滑な意思の疎通がはかれなければ作戦の成功はおぼつかない。

「これが島であれば取るに足らない存在だが、人工的な建築物となれば、そうは言っていられない。これはかなり高度な技術がなければ建築できない。

これを建設した存在は、地球の人間ではない。我々の調査ではオリオン集団と自称している。そして日本はすでに彼らと接触を保っており、未確認ながらドイツとも関係があるらしい」

ドイツと戦争を続けているイギリス海軍のリータム中将は、その話に表情も変えない。さすがにこの程度の情報は彼らも把握しているようだ。むしろヘルフリッヒ少将やドールマン少将らの驚きが意外だった。

オランダ亡命政府はロンドンにあっても、情報共有には限度があるのだろう。

「我々の調査によれば、オリオン集団はウルシー環礁に基地を建設したが、日本海軍が派遣した艦隊と交戦となり、どうやら基地は破壊され、艦隊は無事に日本に戻った。基地の破壊については、我々も確認している」

会議のメンバーはその内容にはほとんど反応しない。第四艦隊については彼らも知っている。空母と戦艦を有する部隊と交戦すれば、相手が何者でも基地を破壊されるのは当然という理解だ。

ハート大将としてはそれが良識なのだろうとも思う。アメリカ人の自分なら、パルプマガジンのような火星人の熱線兵器などを考えてしまうが、そんな想定をしないのが軍人の良識であろう。

事実、オリオン集団の脅威は熱線兵器などではないのだ。そこでハート大将はリータム中将に一枚のガラス板を手渡し、参加者に順番に手渡してもらうよう促す。

「このガラス板がどうしたと言うのだ？」

リータム中将は、手帳ほどのガラス板を隣の幕僚に手渡しながら尋ねた。

「いま諸君に見てもらっているのは、機能を停止しているがオリオン集団の、何というか通信装置だ。我々に押収されたときに破壊したか何かしたと思われる」

さらに彼は、メンバーが一通りガラス板を確認したと見てとると、照明を落とし、スクリーンに記録映画を映した。

それはフィリピンのどこかの寒村らしい。カメラは貧相な船着場に小さな漁船を捉えていた。桟橋付近は火災の跡もあり、何らかの戦闘が行われたことを窺わせた。

戦闘があったことがはっきりとわかるのは、村の内部らしい映像だった。家屋が焼かれた跡があり、場面が変わると村の中央に銃器が並べられていた。銃の形状が映し出されると、イギリス側の一部からどよめきが起こる。さもありなんとハート大将は思う。

「これはオリオン集団がフィリピンのある漁村に提供した銃火器だ。この村はオリオン集団より受け取った銃火器を、あたかも通貨のように売却し、必要な物資を入手していた。

この銃火器はドイツ陸軍が使用するMP38に酷似しており、ドイツ軍の銃弾がそのまま使用できることも確認されている。ただしドイツ製ではない。

冶金《やきん》学者によると、この銃は部品のすべてが同じ組成の鉄材を用いている。ただしドイツ製のMP38とは組成や結晶構造が異なる。さらに刻印の類は一切ない。

画面には後から登場するが、ドイツ陸軍のKar98小銃に酷似した銃もある。ただし原型は木製銃床だが、押収した小銃は何らかの合成樹脂による銃床を用いている。形状だけは同じだが、刻印や製造番号はない。

オリオン集団がフィリピン人たちに提供していたのは、サブマシンガンと小銃だけで機関銃や大砲の類はない。それでも数が出回れば治安にとって重大な脅威となる」

画面は山と積まれた小銃の場面になっていた。会議室には声一つない。ヨーロッパでの戦争により、アジアの植民地と本国との連絡は非常に細くなっていた。そのため仏印を含めたフィリピンからインド洋に至る領域では、植民地間の貿易が増えていた。このことが宗主国より近い一大資源消費国として、貿易相手である日本の存在感を増していた。ABD艦隊が日本を刺激したくない理由の一端はここにある。

スクリーンの場面はまたも変わり、サッカーボールより一回り大きな球形の物体が映る。これは重機関銃で撃ち抜かれたのか内部は完全に破壊されていたが、球体にプロペラがついていた痕跡は認められた。

「この村はフィリピンの暫定政権の要請で、海兵隊により占領された。ここに至る経緯は省略するが、大量の武器を換金している村が存在することが明らかになり、海兵隊が出動することとなった。

重火器こそないものの、小銃、サブマシンガンの数からも激戦が起きたことは諸君にも理解していただけよう」

「この村とオリオン集団の関係がわかりませんが、説明していただけますか？」

ドールマン少将の質問を通訳が代行した。その質問からオランダ人たちは問題の本質をすぐに理解したとハート大将は判断した。

「以下の証言は、囚人たちを取り調べた結果である」

ハート大将は占領した村の生存者たちを囚人と呼ぶことで、彼らが犯罪者でしかないことを強調する。

「この球体が村の上空にやってきて、色々なことを囚人たちに教えたらしい。そして意思の疎通ができるようになると、球体は先ほどのガラス板を囚人たちに渡した。それが通信装置になる。

囚人らの供述では、銃火器はオリオン集団から一方的に提供されたというが、この辺は捜査中だ。ともかく連中は、オリオン集団から提供された武器をフィリピン以外でも手広く売買していたらしい。マレー半島や蘭印を含めてだ」

会議室のざわめきが収まるのを待って、ハート大将は続けた。

「オリオン集団が行ったのは、銃火器の提供だけではない。この地域の住民の識字率は高くない。人口が希薄で学校の維持さえも容易ではないからだ。

しかし、オリオン集団との接触があった寒村だけは、あのガラス板により教育も施され、一五歳以上の識字率はほぼ一〇〇パーセントだった。

しかも、若者の中で優秀と判断されたものは、オリオン集団によりどこかへ連れ去られたという。さらなる教育を受けるためにだ」

そして映画は終わり、会議室は明るくなる。

「今まで我々は、オリオン集団が列強にだけ働きかけを行っていると思っていた。しかし、それは大きな誤りだったかもしれん。オリオン集団によるフィリピンでの活動が明らかになった。だが、それはフィリピンだけなのか？

囚人の取り調べの中で、オリオン集団が蘭印やマレー半島でも活動している可能性が出てきた。それが正しいなら、奴らの狙いは、アジア全域の植民地地域で動乱を起こすことにある。そうなればヨーロッパの秩序も大混乱となる。そして世界規模の秩序崩壊が起こるのだ。少なくともその可能性は否定できない」

リータム中将は、ハート大将の話を比較的冷静に受け止めているようだった。おそらくはイギリスも情報収集を行い、同様の分析をしていたのか？

「詳細は調査中だが、マレー半島で武装した民族主義者の活動が活発化している。いずれもすぐに鎮圧されたが、フィリピンと連動したものであれば、看過できまい」

リータム中将の発言に、ハート大将は芝居がかった態度でうなずく。

「アジアの安定のために、オリオン集団の要塞は破壊せねばなりません」

ハート大将はそう締めくくった。

7章　レイテ島沖海戦

昭和一五年一一月二七日
横浜港は緊張に包まれていた。サンディエゴから真珠湾を経由してフィリピンに向かう演習艦隊を迎えていたためだ。

演習艦隊は日本を出港後に、フィリピンへと向かい、そこでアメリカアジア艦隊と合流し、さらにイギリス東洋艦隊やオランダの東インド艦隊との合同演習が予定されていた。

この演習は、公式にはシンガポール防衛のためと説明されていた。しかし、出所不明の噂として、ドイツのUボート部隊が喜望峰を経由して、インド洋で交通破壊戦を行う計画があるという情報も流れていた。

少し前なら、こうした艦隊はアメリカが日本を武力で譲歩させるための恫喝《どうかつ》と新聞などが論を組んだろうが、『日米通商航海条約の暫定協定』が締結された後では、そうした意見はほぼ新聞には載らなかった。

これは陸海軍統合参謀本部による強力なメディア統制によるものだった。たとえば新聞は、日華事変当時には一四二二紙が存在したが、『新聞事業法』により大規模な統廃合が行われた。

全国紙が三紙に、東日本、西日本に経済紙が一つずつとなり、あとは各都道府県に地方紙が一紙だけ事業を認められた。この『新聞事業法』に新聞社からの反対は特になかった。弱小新聞社の反対など無いに等しいし、中堅より上は大手に統合されることで、採算が取れる規模の購読者を確保できたからだ。新聞社は経営的に強くなり、政府は強力なメディアを手に入れられ、両者の利害は一致した。

また新聞記者は登録制になり、当局の審査を通過したものだけが新聞記者の資格を許され、記者クラブの一員として、官庁の発表が行われる記者室への入室を認められた。

こうした新聞統制のおかげで、「日本の協力がなければアメリカは艦隊も動かせないことに気がついたので、頭を下げて『日米通商航海条約の暫定協定』を結んだのである」というのが世論の基調となった。

それはそれで良かったのだが、今度は横浜港周辺に、米艦隊を一眼見ようと見物人が押しかける騒ぎとなり、武装した海軍陸戦隊を展開しなければならない有様だった。

米内内閣になってから、貿易の活発化により民生品の品不足も解消され、景気が上向きなのも、こうしたお祭り騒ぎを容認する空気となっていた。

武園義徳《たけぞのよしのり》は第四艦隊の参謀だったが、それが日本に戻ってからは、陸海軍統合参謀本部の軍令部職員として内閣府附となり、階級も大佐に昇進していた。

しかし、その仕事というとジン・ガプスの大使館での、オリオン太郎らのグループとの折衝だった。レニングラードに行っていた秋津は日本には戻らなかったが、ピルスに乗って二度か三度、ジン・ガプスに現れていた。

ソ連が中心の国際会議の打ち合わせであったが、それは当初の予定よりも延期になるという。オリオン集団側で何かが予想以上に順調に進んだことで、主要国の天文学者だけを集めるIAUという枠組みではなく、もっと規模を拡大した組織にしたいらしい。

ただ、それ以上の詳しい説明は秋津も受けていないという。ただ科学者の結集は必要なので、彼もいましばらくはソ連にいなければならないという。

そういう目まぐるしい中で、この日、武園がやっているのはオリオン太郎の相手だった。彼らが乗っているのは日本海軍の一七メートル内火艇。戦艦の搭載艇としても知られるが、港内の移動などにも用いられる。

乗っているのは、操船する人間以外は武園と背広姿のオリオン太郎だけだった。アメリカ演習艦隊が訪日するにあたり、日本政府がオリオン太郎に要請したのは、艦隊の前に姿を現さないことだった。

ハル国務長官もオリオン集団（当初彼は火星人と言っていたが）については、ある程度の情報を把握しているようだった。しかし、アメリカがオリオン集団の基地に何らかの軍事行動をしようというときに、そのオリオン集団の大使館がある二〇万トンの客船の姿を見せるのは、望ましくない。いまは日米間の関係改善が成立しそうな大事な時期なのだ。

そうでなくてもオリオン集団から提供された高速輸送船は、西海岸の埠頭であまりの高度技術ぶりに物議を醸したほどだ。幸い、輸送船の技術よりも金塊の物納が物を言ったのと、アメリカ当局でもオリオン集団の情報を持っている人間が少なかったことで事なきを得た。

しかし、すでにアメリカもオリオン集団について独自の情報を握っているらしい。今後あの輸送船による貿易は、アメリカ当局の監視を覚悟することになろう。

「あれが地球で一番大きな乗り物なんですか？」

オリオン太郎が指さすのは、米海軍の空母レキシントンだった。基準排水量では日本海軍の空母加賀の方が若干大きいが、そんな瑣末な話をしようとは武園も思わなかった。相手は普通に二〇万トンの船舶を空から落としてくる連中なのだ。

「まぁ、最大規模の乗り物だ」

「まだまだですね……」

オリオン太郎が呟きを漏らすのは珍しい。

「何が、まだまだ、なんだ？」

「生産技術とでも言いますか、そんなのです」

三万六〇〇〇トンの空母といえども、ジン・ガプスのような巨船を造れる文明から見れば、小艦艇に過ぎないのだろう。

アメリカの艦隊を見たいと言ってきたのはオリオン太郎だが、武園は少し不思議な気がした。普通に考えれば、これはスパイ行為となるだろう。とはいえウルシー環礁で、日本海軍が派遣した第四艦隊とオリオン集団は遭遇している。だから地球の戦艦や空母はすでに彼らも知っているはずだ。

むろん日本海軍とアメリカ海軍とでは軍艦の設計は異なる。しかし、わざわざ見学したがるとは意外であった。

「君らの技術なら、とうの昔にレキシントンくらい知ってただろう」

「もちろん知ってましたけど、衛星軌道からと海面からでは見えるものも違いますよ。日本の軍艦もアメリカの軍艦も思ったよりも違いませんね」

オリオン集団から見ればそうなのかもしれないが、日本海軍将校としては「大差ない」と切り捨てられるのは愉快な話ではない。

横浜の港は混雑していた。集結しているのは空母レキシントン、戦艦メリーランドにウエストバージニア、重巡洋艦シカゴにオーガスタ、軽巡洋艦フェニックス、ヘレナ、ホノルルなどの大型軍艦が八隻に駆逐艦が四隻の総計一二隻だ。

この他にタンカー二隻も同航している。日米間の貿易が改善されたことがわかるのは、これら一二隻に物資を提供している船舶が目につくことだった。

何しろ来航が急な話であったのと、大型軍艦を桟橋に接舷する準備もできていないので、横浜港内に停泊し、人や物資の移動は小型船舶で行わねばならなかった。

もっとも米海軍側はフィリピンへの移動を急いでいたし、日本も米兵の上陸に伴う混乱を避けたかったので、これは双方にとって好都合ではあった。

極め付きは桟橋に接舷している二隻のタンカーだった。彼らは日本の石油タンクから石油の補給を受け、演習艦隊に同航する。これもアメリカの対日石油輸出が自由化されたからこそ可能なことだった。

「演習艦隊はオリオン集団の基地に向かうと聞いたが、本当なのか？」

米海軍の予定をオリオン太郎に訊くというのもおかしな話だが、彼らがオリオン集団との接触を意図しているなら、何かしらの情報があるだろうと考えたためだ。

「彼らはズン・パトスに向かうはずです。皆さんがレイテ島と呼んでいる島の沖合に建設しました。領海内の不法建築物にアメリカも黙ってはいないということでしょう。こういうことは、我々はウルシー環礁で日本から学びましたよ」

それが皮肉なのか、単なる事実関係を述べたものか、武園にはわからなかった。

「そのズン・パトスというのは、ウルシー島の要塞みたいなものなのか？」

「我々の建設した施設は要塞じゃありません。わかりやすく言うならば、調査施設です」

「名前はないのか？」

「解体したから名前はないです」

オリオン太郎は当たり前のようにそう言ってのける。オリオン太郎との会話でどうしても嚙み合わないのは、名前に関するものだ。どうにも命名基準に一貫性が感じられない。しかし、彼らには彼らなりのルールがあるらしい。だが、そのルールがわからず、オリオン太郎は説明の必要さえ感じていないのだ。

「それならズン・パトスは要塞なのか？」

「皆さんの言う要塞の意味がよくわからないのですが、一番近いのは学校です。輸送船の船員たちや鮎川さんもそこにいました」

オリオン太郎は当たり前のように言う。しかし、武園にとっては聞き逃せない話だ。

「オリオン集団は四年前からフィリピン人たちに船員教育を施していたと聞いているが、ズン・パトスはその頃からあったのか？」

「いえ、あれは比較的最近建設しました。ウルシー環礁のアレを活用することも一度は計画されたんですけど、解体することが決まったんで、代替施設が必要となったんですよ」

「すると第四艦隊が来航したから解体したわけではないと言うのか？」

それは武園も初めて聞く話だった。

「猪狩さんが、自分がどこに収容されているか割り出せるかにも興味がありましたし、それにより日本がどのように反応するのかが我々の知りたいことでした。さらに第四艦隊が我々と接触する中で必要なデータは取れたので、ウルシー環礁のアレの役目は終わりました」

「それでズン・パトスという学校を新たに作った。それはいい。しかしだ、オリオン太郎、君が飛行機を飛ばしたのは、日独英ソの四カ国だと言っていたな。

フィリピン人やマレー人に接触していたという話は聞いていない。どういうことなのだ？　オリオン集団は我々を騙していたというのか？」

それに対してオリオン太郎は少しも動揺の色を見せない。

「飛行機を飛ばしたのは日独英ソの四ヵ国だけですよ。飛行機って、つまり皆さんが考える飛行機の形をした機械ですよね。翼があってプロペラが四つ付いてるあれです」

確かにそれは間違いではない。自分たちがピルスという存在を知らない時に飛行機といえば、彼らが乗ってきた大型四発機を意味していた。だから「大型四発機を飛ばした国」という質問に対しては、「日独英ソの四ヵ国」という回答は間違いではない。

しかし、自分たちがオリオン太郎に為した「飛行機を飛ばした国はどこか？」という質問の意味は、「日本以外に接触している相手はいるのか？」であった。オリオン集団がヨーロッパ列強と日本にだけ四発大型機を飛ばしている事実から、自分たちは何の疑問も抱かず、彼らが接触しているのはこうした有力な国々と思い込んでいた。

だからフィリピンや他の植民地世界と接触している可能性など、まったく考慮していなかったのだ。

オリオン太郎がこうした自分たちの先入観や思い込みを仮に十分理解していたとしても、問題は彼らではなく自分たちにある。

「冷静に考えてくださいよ。地球のことなど何もわからなかった我々が、いわゆる列強国だけ選んで接触すると思いますか？　安全を考えるなら、まず孤立した小規模集団を探して、そこで接触して人間を知り、安全を確認するのが合理的じゃないですか」

武園はそれを聞いて、またも自分たちの先入観を思い知らされた。地球外の存在が交渉をするならば、日本やドイツのような地球を代表する大国と行うのが当然と、彼は何の疑いもなく思っていた。

だが、オリオン太郎が語ったことは反論できないほど合理的だった。そもそも反論も何も、彼らはそうした行動をとってきたのだ。

「それでもオリオン集団は、大国と外交交渉をするという選択肢が合理的と判断したわけだな?」

だがオリオン太郎はそれに対して首を横に振る。最近はそういう仕草をするようになっていた。

「地球には外交交渉の窓口などないじゃないですか。僕らの大使館はありますけど、地球を代表する組織も国もない。

別になくてもいいんですけどね。僕らは有為の人物と直《じか》に交渉すればいいだけだから。既存の国家を介するかどうかは、単純に手間の多い少ないの話です」

武園は、そこで行方不明の谷造兵中佐のことを思わずにはいられなかった。

海軍技術研究所の谷造兵中佐が失踪した時、陸海軍統合参謀本部はまず事実関係の確認から始めた。警察や憲兵が動員され、谷の足取りが丹念に調べられた。

状況的にオリオン集団に拉致された可能性と、本人の意思で逃走した可能性の二つがあった。昭和一一年から谷がオリオン集団と電波通信を行っていたとするならば、四年後に現れたオリオン太郎が、歪《いびつ》な知識ながら日本について知っていた理由も納得できる。

しかし、谷造兵中佐の所在はわからなかった。戦時下日本で、国を挙げての捜索の中、一人の人間が逃げ切ることは有力な支援者でもいない限り難しい。

しかも、谷造兵中佐は入念な準備の末に失踪したのではなかった。内務省がスパイ容疑で事情聴取を行うかどうかというタイミングで行方不明となったのだ。家族には公務で呉海軍工廠《こうしょう》に出張と言っており、荷物も一泊程度と家族が証言していた。

それでも武園らがオリオン太郎に対して事実関係の確認を行うには、然るべき時間が必要だった。オリオン集団が日本国内に、谷造兵中佐のように親密な関係を築いた第五列を組織している可能性が指摘されたためだ。

これについては、オリオン太郎が追浜に現れた頃から一つの可能性として考えられていたが、当時は誰も本気にはしていなかった。しかし、オリオン集団が提供してきた輸送船の乗員がフィリピン人やマレー人であるという事実から、再び検討されていた。まさにそのタイミングでの谷造兵中佐の失踪なのだ。

「谷造兵中佐は元気なのか？　まさかズン・パトスで研究していたりはすまいな？」

武園はカマをかけてみる。オリオン太郎は理解不能な表現をしたり、事実の一部を隠蔽したりはするが、意図して嘘を吐《つ》くことだけは確認されていなかった。

「ズン・パトスの地球人は全員移動させました。ただし谷さんは、ピルスに乗せてパトスに収容してますよ。いまどこにいるかは言えませんが」

「言えないとはどういうことだ！　君らは何をしているのかわかってるのか！」

武園はオリオン太郎に詰め寄るが、むろん彼は動じない。

「言えないのは、名前がないからです。地球の人にわかるような名前がないので言えません。僕らが何をしたかと言えば、助けを求められたから助けただけです。谷さんは有為な人材なので僕らは守りますよ」

「それは大使館で話し合うべき問題ではないか？」

武園は、谷造兵中佐の身柄について、話し合いの余地を確保することに努めた。交渉の余地があれば、日本人に対する国家主権を認めさせることができる。

パトスというのは宇宙と地球をつなぐ中継点だと桑原は言っていた。ならば谷造兵中佐は宇宙にいる可能性がある。そうであれば日本が彼を取り戻せる可能性は物理的に皆無だ。交渉の余地があるのを認めさせるしかないのだ。

「そうですね」

オリオン太郎はあっさりとそれを認めた。

「谷さんには、地球でしていただきたい仕事も少なからずございますし」

そうしている間にも内火艇は空母レキシントンから離れ、目の前には戦艦メリーランドの姿があった。武園は、ここで話題を変えた。自分の判断だけでは進められない問題が幾つも連なっていることを察したためだ。

少なくともオリオン集団がいつから、どのように人類との接触を果たしてきているのか、それは白紙から検討しなければならないだろう。自分たちはあまりにも先入観に毒されている。

「ズン・パトスの地球人を移動させたというのは、オリオン集団は戦闘の可能性を感じているのか?」

「少し違いますね。移動は安全のためですが、戦闘が起こるかどうか、それを知りたいのは我々自身です。

状況はウルシー環礁と第四艦隊に似ています。ただ幾つかの条件が違う。その違いがアメリカやイギリス、オランダの連合艦隊の動きにどう影響するか。第四艦隊との比較で、興味深い知見が得られるでしょう」

「君らはこの大艦隊で実験をしようというのか！」

それに対するオリオン太郎の返答は明確だった。

「人類との接触は常に実験ですよ」

＊

一九四〇年一二月七日一六三〇・フィリピン海
アメリカ、イギリス、オランダ三国によるABD艦隊は無事に合流を果たし、一つの艦隊となった。空母二隻を基軸とする制空隊と、戦艦四隻を基軸とする本隊に分けられていた。
艦隊の陣形をどうするかは、多国籍部隊では意外に難問であった。なぜならそれは指揮系統の問題に他ならないためだ。アメリカなりイギリス一国なら、総計三二隻の艦隊指揮に不安はないが、三カ国の寄合状態となると意思の疎通は容易ではない。特にオランダ海軍のドールマン少将は英語が得意ではないので、そこも考慮する必要があった。
このため制空隊は空母アーク・ロイヤルを旗艦とし、これにレキシントンが加わり、イギリス海軍の巡洋艦と駆逐艦が周囲を警戒する布陣となった。指揮官はイギリス海軍のリータム中将であった。

これに対して本隊はトーマス・C・ハート米海軍大将が指揮官となり、米戦艦メリーランド、ウエストバージニアの二隻と、イギリス海軍の戦艦リヴェンジ、ラミリーズの四隻の戦艦を中核に、米海軍とオランダ海軍の巡洋艦と駆逐艦が警戒する形となった。

戦闘序列は本隊が先行し、その後ろを制空隊が追躡《ついじょう》する形となった。本隊も制空隊も中核となる戦艦空母はいずれもレーダーを装備しており、オリオン集団の航空機の奇襲攻撃にも迅速に対応できた。

このため空母アーク・ロイヤルにもレキシントンにも、即応できる戦闘機と攻撃機の準備が整っていた。

「オリオン集団の対艦兵器は魚雷というよりロケット弾らしいな」

ハート大将は米海軍省より送られてきたレポートに目を通す。情報源は日本海軍の現役軍人らしい。

それが情報漏洩であり、祖国への裏切りであることは当人も十分承知の上で、それでもなお日本がオリオン集団の力を過信し、冒険主義に出ることを恐れ、こうして情報を提供していると聞いていた。

もっとも情報源を秘匿するのは、情報戦のABCであり、この話についてはフィリピンを訪れた海軍省職員が口頭で説明したものに過ぎない。

口頭でも情報源を明かすというのは異例のことだ。ただ宇宙からやってきた連中が世界各地で策動しているという荒唐無稽な内容だけに、情報源を明かしたのだろう。

そして先ほど届いたのが最終報告書とタイトルにあった。何気ない一文だが、ハート大将はその重みを理解した。最終報告とは、つまり日本海軍の内通者が当局に検挙されたということだ。

やるせないのは、検挙した側も検挙された側も、どちらも国のためと信じていることだ。動機は同じ、ただし片方は人生を犠牲にした。不思議なことだがハート大将は、この見知らずの海軍将校の犠牲を無駄にできないという強い感情を覚えた。

問題のレポートは、日本海軍の潜水艦がオリオン集団の航空機に沈められたというものだった。内通者の海軍省内における役職の関係か、それは長い報告書の一部であり、潜水艦を沈めた武器の分析だった。

潜水艦から見た航空機の推定距離と高度から武器の弾道が分析され、それは航空魚雷ではなく、ロケット弾であると結論されていた。自走するロケット弾なので遠距離から発射することができる。

発射した航空機はそれだけ安全に退避できるというものだ。これはハート大将には大きな収穫と言えた。ドイツ戦艦とイギリス空母を撃沈したときにオリオン集団が用いた兵器とも合致する。

残念ながら、イギリス海軍が提供した空母グローリアスを撃沈したオリオン集団の爆弾については、それが有翼爆弾である以上の分析はなかった。あまりにも突発的な攻撃であるために定量的な分析を行う材料が乏しかったためらしい。

ハート大将は情報源は伏せたまま、リータム中将とドールマン少将にオリオン集団のロケット弾についての分析データを転送した。日本の潜水艦を撃沈した距離に安全係数をかけた距離を設定し、それ以上接近させなければオリオン集団は艦艇を撃沈できない。そうした分析もそこには含まれていた。

このデータに基づき、艦隊はオリオン集団の航空機と接触する領域、警戒する領域、撃墜する領域を設定し、対空火器や空母航空機隊の参考とさせた。

ハート大将には、それでも懸念があった。オリオン集団の航空機とはどういうものなのか情報がない。ブレスト沖海戦で英独軍艦を沈めたのは四発爆撃機であったことはわかっているが、どうも彼らが用いている航空機はそれだけではないらしい。

ただ、この航空機に関しては信頼できる情報がない。形状からして円盤形とか四角形とか一致していない。やはり大型飛行機という報告もあった。

日本の情報源も、この問題にはほとんど触れていなかった。担当部署の関係というより、これに関しては機密管理が一段と厳しいためらしい。そこはハート大将としては残念なところだ。送られてきた最終報告書の元になった日本政府のレポートには、その航空機の詳細な分析があったようだが、残念ながら報告書には含まれていない。

これに関しては空母部隊のリータム中将に任せるよりない。直掩機の密度をあげるか、それくらいしかないだろう。

そうして一二月七日の夕刻を迎えた。明日の昼にはレイテ沖の要塞に到達する。日本海軍の第四艦隊は、オリオン集団と戦闘となり、ほぼ無傷で帰還している。そして戦場となったウルシー環礁には施設の残骸だけが残っていた。

戦闘による日本艦隊の損害については情報がないが、駆逐艦一隻が失われている可能性はあるものの、戦艦、空母、巡洋艦という大型軍艦は無傷であったという。

日本海軍の第四艦隊で何があったのか、それについてはほぼ情報はなかったが、戦艦や空母の戦力でオリオン集団に遅れをとることはないだろう。そして自分たちの戦力は第四艦隊以上に強力だ。

おそらくは日本がオリオン集団との関係を深めたのは、時期的にも第四艦隊との武力衝突の後だ。ならばＡＢＤ艦隊がオリオン集団の要塞を攻撃なり占領することで、自分たちも彼らとの深い関係を築くことができるだろう。

ハート大将は、この作戦の大まかな推移をそのように考えた。

一九四〇年一二月七日一七〇〇・フィリピン海

日没まであと三〇分ほどとなった時、旗艦である戦艦メリーランドのレーダーが、南下している艦隊の右舷方向、つまり西方に大型の船影を確認した。二隻の大型船が一五ノットの速力で、自分たちに接近しているという。

艦隊の速度は一四ノットであり、それなのに問題の船舶二隻が右舷側から一五ノットで接近しているように観測されるというのは、この二隻が南東方向に二三ノット前後で移動していることになる。

レーダーの反応や速度から考えて、これが商船とは考えにくく、おそらくは軍艦であろう。だがどこの軍艦か？

米海軍の大型軍艦はすでに集結している。イギリス、オランダ両海軍の軍艦も同様だ。消去法で言えば日本海軍しか残らないが、フィリピンの領海内から現れるはずはなく、来るとしたら右舷側ではなく左舷側のはずだ。

こうした事態に備え、戦艦メリーランドのシーガル水上偵察機がすぐに発艦できるよう乗員らが待機していた。艦隊司令長官から艦長を経ての命令から三分後には、シーガルは空中にあった。

シーガル水上偵察機は複座の複葉機で、全金属単葉の軍用機が主流となりつつある今日では旧式に見えなくもない。しかし、高い信頼性から今も第一線機としての地位を保っていた。

操縦席からは、海が夕日で紅く染まっている。その朱色の光の中に問題の二隻があった。二隻の軍艦が並んで航行している。

「接近中の船舶は戦艦一、空母一の部隊。南東方向に推定速度二三ノットで航行中。空母は右艦橋の大型艦、加賀と思われる。戦艦は三連装砲塔三基の新型艦」

パイロットはさらに問題の艦隊に接近し、偵察員が写真撮を行う。空母加賀と報告したものの、すぐに間違いに気がつく。だが、それは信じがたいものだった。

「操縦員、もっと低空で接近し、周囲を旋回してくれ！　あの艦隊はありえん！」

シーガル水上偵察機は、さらに高度をさげ、空母と戦艦の周囲を大きく円を描くように飛行した。

「機長、あれは！」

「間違いない！　空母はイギリス、戦艦はドイツのだ！　馬鹿な、だとするとあの形状の空母はグローリアスしかない！」

「グローリアスはブレスト沖海戦で沈んだんじゃ？」

操縦員の言葉には恐怖の色があった。

「そうだ巡洋戦艦シャルンホルストと差し違えてな。三連砲塔三基の戦艦は日本海軍の新型なんかじゃない、あれはシャルンホルストだ！」

じじつ二隻の軍艦には、空母にイギリスの軍艦旗が、戦艦にドイツの軍艦旗が掲げられていた。

「大西洋からフィリピン海までどうやってきたんだ？」

機長に対して操縦員は言う。

「幽霊船に道理は通りませんや」

一九四〇年一二月七日一七一五・フィリピン海

戦艦シャルンホルストと空母グローリアスが接近中との報告は、ハート大将にとって予想外のものだったが、それが動かし難い事実とわかると、問題は一気に複雑化した。

仮装巡洋艦が非武装の商船に化けるのとはわけが違う。職業軍人である偵察員の目を欺《あざむ》くほど精巧な偽物は、そう簡単には建造できない。全長二〇〇メートルを超える船、しかも二〇ノット以上の速力を出せる船は、ハリボテであっても技術がなければ建造できるものではない。

つまり信じがたい話だが、あの軍艦は本物の空母や戦艦ということになる。

そうなるとイギリス海軍とオランダ海軍は、敵国軍艦の戦艦シャルンホルストに問答無用で攻撃できる。だが、空母グローリアスを攻撃するには、相応の慎重さが要求される。状況からイギリス海軍の人間が動かしているとは思えないが、それでも確認は必要だ。

しかし、もっとも難しい立場はハート大将だ。中立国であるアメリカは友好国の空母グローリアスはもちろん、戦艦シャルンホルストでさえ攻撃できない。

とはいえここはフィリピン領内であるから、座して何もしないという選択肢はなかった。

「偵察機に命じて、信号を送らせろ。ここはフィリピン領内であるから直ちに停船し、臨検を受けよと」

その命令は程なくシーガル偵察機に伝達された。双眼鏡で見ると、偵察機かららしい光の点滅が確認できた。そして砲口炎らしい炎の列が見えたと思ったら、点滅信号も消えた。

そしてレーダー室から緊急電が入る。

「偵察機がレーダーから消えました！」

その報告を受けたハート大将が考えたのは、偵察機の乗員の安否ではなく、これでこの二隻を攻撃できるというものだった。相手がなんであれ、攻撃してきたなら反撃できる。

しかし、状況はそれほど甘くはなかった。戦艦シャルンホルストと空母グローリアスの二隻は、本隊ではなく、制空隊に向かっていることが接近につれて明らかになった。そしてシャルンホルストと空母レキシントンとの距離が四〇キロになった時、シャルンホルストが仰角四〇度で砲撃を開始した。四〇キロはシャルンホルストの主砲の最大射程であった。

通常の艦砲は最大射程で砲撃はしない。遠距離になるほど、さまざまな要素により照準誤差が増えるからだ。

だがシャルンホルストの九発の砲弾は、すべて空母レキシントンに命中した。最大射程での砲撃は落角がかなり大きくなり、空母から見れば、あたかも直上から砲弾が降ってきたようだった。

つまり九発の砲弾は飛行甲板を貫通し、格納庫内で次々と炸裂した。レキシントンの側では何が起きたのかわからなかった。

十数秒後に、さらに九発が命中する。この一八発の砲弾により、空母レキシントンの機能はほぼ停止した。いかに二八センチ砲弾とはいえ、弾頭の破壊力は強力すぎた。

艦隊の人間たちがそう思った時には、三度目の砲弾が命中し、レキシントンはそのまま急激に浸水し、沈没してしまった。

ハート大将は隷下の戦艦部隊にシャルンホルストへの一斉砲撃を命じた。シャルンホルストは一定速度で一定針路を維持しながら前進していた。それだけに砲撃しやすい。シャルンホルストが主砲の射程圏内に入ると、四隻の戦艦は砲撃を開始する。その間、シャルンホルストは空母アーク・ロイヤルへと照準を変えていた。だが斉射した頃には、四隻の戦艦の砲弾が命中し始める。

シャルンホルストのように全弾すべてが命中するようなものではなかったが、それでも複数の命中弾が出ていた。さすがにそうなるとシャルンホルストも無事では済まない。激しい炎上の末に、艦内から大爆発を起こし、轟沈した。

この間、空母グローリアスはただ前進を続けるだけだった。艦載機を飛ばすでもなく、高角砲を撃つでもなく、ただ空母部隊へと直進していた。

このため攻撃はもっぱらシャルンホルストが引き受ける形になっていた。この時点ではグローリアスに関しては投降を呼びかけるという選択肢も残されていた。前進しているが、シャルンホルストとは対照的に攻撃の意図がまるで見られないためである。

そしてシャルンホルストが轟沈した時、ハート大将はグローリアスに対して信号と無線で投降を呼びかけた。しかし、返信はない。すでに望遠鏡でかなり詳細が見えるほどに接近しているが、なんの反応もなかった。

それどころかハート大将は、その空母の異様さに気がついた。日没寸前で、光はほぼ真横から照らしている。飛行甲板の凹凸は、長い影となっている。だが、そこに人影がない。活動中の空母を動かしているはずの人の姿がまるでない。

そして空母グローリアスはここで一気に速力を上げる。すでにシャルンホルストの砲弾を受けて炎上中の空母アーク・ロイヤルが目前だった。

「衝突するぞ！」

それはアーク・ロイヤルもわかっていたが、砲撃の影響で速力は出ない。対するにグローリアスは三〇ノット近い速力でついにアーク・ロイヤルに衝突し、そこで大爆発を起こした。

グローリアスは、アーク・ロイヤルと差し違えるかのように海上から姿を消した。

「救護班！　救護班！」

周辺の軍艦は、レキシントンとアーク・ロイヤルだけでなく、シャルンホルストとグローリアスの生存者も探そうとしたのである。レキシントンの生存者は十数名、アーク・ロイヤルにしても数十名が救助されたに過ぎなかった。

さらにシャルンホルストとグローリアスに関しては、生存者はおろか、遺体一つ見当たらない。浮遊物さえ不自然に少なかった。

夜間になり、救護班はそれぞれの艦艇に戻ってゆく。そんな中で艦隊上空を自ら発光する四角い飛行物体が通過して行った。それは彼らが向かう要塞の方角であった。ただし、レーダーはそんな物体を捕捉してはいなかった。

救難活動で艦隊が一時的に止まっている間に、ハート大将は主な関係者に招集をかけた。空母アーク・ロイヤルのリータム中将は、シャルンホルストの砲弾を受けて通信機能が停止した時点で旗艦を重巡洋艦コーンウォールに移しており、辛くも難を免れたかたちだ。

「まず、勇敢な空母レキシントンと空母アーク・ロイヤル、それらと運命を共にした将兵に黙禱を捧げよう」

会議は、まずそこから始まった。二隻の空母だけで四〇〇〇名を超える乗員が乗っていた。敵部隊を全滅させたとはいえ、この損失は決して少ないものではない。

そうして黙禱を終えると、ハート大将は改めて先ほどの戦闘を総括した。

「日本海軍の第四艦隊がウルシー環礁でオリオン集団と接触し、何らかの戦闘があったという報告がある。にもかかわらず日本海軍は、その戦闘に関する報告書の公開を拒否した。

小職も、いままでそれは軍事機密に関する問題からと解釈していた。ただ彼らが頑《かたく》ななまでに情報を出さない理由にはなんとも不自然さを覚えていた。

だが、いまは日本海軍が公表しなかった理由もわかる。オリオン集団は高度な技術があるのかもしれないが、海軍戦術の基礎も何も知らぬのだ。

彼らにできるのは、撃って、突進して、体当たりすることだけだ。仮に日本海軍からそんな報告書が手渡されたとしても、小職も信じることはなかっただろう。そこに書かれていたのが真実であったとしてもだ」

ハート大将の解釈は、職業軍人たちには確かに受け入れ難いものだった。しかし、シャルンホルストとグローリアスの戦い方を見れば、それは素人くささというよりも、非常識としか表現のしようがないものだった。

戦術以前に、戦艦一隻と空母一隻で三二隻の艦隊を襲撃しようという発想がまずあり得ない。しかも空母は一機も艦載機を飛ばしていない。あらゆる点で非常識だ。

「日本海軍の分析によるものとされる資料がいくつか小職の元に届いている。いずれも断片的で、ほとんど価値がないようなものだったが、先ほどの戦闘を踏まえるなら、重要なヒントとなる仮説が二つある。

一つは、オリオン集団は海戦の経験がなく、それがどんなものかもわかっていない。だから軍艦を一撃で沈める特殊爆弾を持つ一方で、それ以外の兵器を知らない。

この仮説は、あの戦艦と空母の戦い方を見ても納得できるものだ。

さらにもう一つの仮説。それは根拠は不明だが、オリオン集団は総人口に限界があるため、過度に機械力に依存しなければならない。特殊爆弾に頼るのもこのためだ。

先ほどのシャルンホルストやグローリアスの沈没現場には、乗員の死体も何もない。あの二隻に戦術的な柔軟性がないのは、ほとんど乗員がいない、自動操艦軍艦のようなものであるためかもしれん」

そこでリータム中将が発言を求めた。

「オリオン集団の戦い方は、確かに素人もいいところだ。しかし、馬鹿ではないだろう。おそらく日本海軍との戦闘で拠点を破壊されたことで、彼らなりに学んだのだ」

「どういうことだね、リータム中将？」

「単純です、ハート大将。あの二隻は自分たちと差し違えるように、我々の二隻の空母を沈めた。空母だけを狙ってです。つまり彼らにとっては、空母艦載機が大きな脅威であったということです。だからそれを最優先で排除したわけです」

リータム中将の指摘は確かに筋が通っているように、ハート大将にも思えた。

「空母は沈んでしまったが、航空隊はどこからか支援を要請できないか？」

ハート大将は幕僚らに陸軍航空隊について調べさせる。海軍だけで完結しない分、指揮命令系統は煩雑になるが、それでもオリオン集団が恐れている航空戦力を投入できるなら検討する価値はある。

しかし、幕僚からの返答は期待外れに終わる。フィリピンの陸軍航空隊は洋上航法の訓練を受けておらず、現地に到達するのが難しいとのこと。そもそも問題の要塞まで飛行できる爆撃機がない。

アメリカ本土には新鋭のＢ１７爆撃機というのがあるが、生産数も少なく、フィリピンにはまだ配備されていない。結論として、航空戦力は期待できない。

「次善の策だが、戦艦と巡洋艦に搭載している水上機を爆装し、臨時の攻撃隊を編成するよりないだろう」

大型軍艦の艦載機の数は空母とは比べるべくもないが、ＡＢＤ艦隊は大型軍艦が多いこと、特に航空兵装の充実した米海軍の巡洋艦が多いこともあり、すべての艦載機は撃墜された一機を除いても三六機を数えた。

むろんこうした艦載機は玉石混淆という現実もあったが、米巡洋艦搭載機だけでも二四機あった。これらは最大で三〇〇キロ近い爆弾を搭載できたから、爆撃任務は一回だけとしても、馬鹿にできないだけの打撃力にはなる。

制空権下での爆撃ではなく、戦闘機の護衛もないのは懸念事項だが、オリオン集団がそこまで空母を恐れるのは、彼らの防空体制に問題があるためとも考えられた。いずれにせよ、完璧ではないとしても航空戦力ゼロよりははるかにマシだ。

空母を失った制空隊は、リータム中将指揮のまま別働隊として活動することとなった。これは指揮系統の都合である。

こうしてＡＢＤ艦隊は翌朝を迎えた。

一九四〇年一二月八日〇六〇〇・レイテ島

戦艦メリーランドのレーダーは、周辺に航空機も船舶も存在しないことを示していた。ＡＢＤ艦隊に所属する米海軍大型艦艇からは、爆装した水上偵察機の発艦準備が進んでいた。

とりあえず巡洋艦部隊の艦載機二四機を発艦させ、問題のレイテ島沖にある要塞を空襲する。

攻撃目標の要塞は、撃沈された軽巡洋艦マーブルヘッドの報告では瓢箪形をしているという。そこで攻撃は、瓢箪の小さい方の円形部分に集中することとした。

とりあえず攻撃部位を限局することで、相手に降伏する余地を残そうという考えだ。それで降伏しなければ、攻撃範囲が拡大することを理解させるのだ。

オリオン集団は高い技術力を持つが、戦争という経験がないのか、戦術は稚拙を通り越して不合理に思えた。だからこそ職業軍人である自分たちが勝利できる。

戦艦メリーランドとウエストバージニアの艦内では、海兵隊の準備も進められていた。オリオン集団が降伏した場合に施設に進駐するか、あるいは白兵戦が必要となった場合に備えてだ。

それもこれも水上偵察機隊の働きにかかっていた。発艦は順調だったが、手間は予想以上にかかった。水上偵察機を集団として、攻撃に活用するようなことは想定されていなかったためだ。

発艦にはそこそこの時間がかかり、先に射出された偵察機は艦隊上空を旋回しながら編隊を組んでいた。射出された順で攻撃に向かうという方法もあるが、各個撃破される可能性もあるのと、水平爆撃は集団で陣形を組んで行うのが最も命中率が高いためだ。

二四機目の水上偵察機が飛び立ち、それらは一二機一組の二組で並びながら要塞へと向かった。

命令で出撃したものの、水上偵察機の搭乗員たちは、正直、かなり不安だった。彼らには昨夜の戦艦シャルンホルストと空母グローリアスの爆発が忘れられない。

強い相手ならやりようはある。しかし、理解できない思考の相手には、なんとも言えぬ恐怖がある。

それに昨夜の海戦の後で艦隊上空を飛行した物体もまた、自分たちの理解を超えていた。レーダーは捕捉しなかったので、錯覚という意見も根強いが、パイロットの中には何か霊的な存在を疑うものもいた。

しかし夜明けの海は、そんな彼らの気持ちを浄化させてくれる。そして朝日を浴びて、水平線に要塞の姿が浮かぶ。たくさんの柱に支えられた、ガラス張りの瓢箪形のビル。写真では見せられていたが、朝日を反射したそれはかなり遠くからでも存在感がある。その一方で、こんなものがどうしていままで誰にも発見されなかったのか、それがむしろ不思議だった。

瓢箪形の要塞は、天井部分が飛行甲板にでもなっているのか、凹凸は何もない。カモフラージュのつもりか全体が水色に塗られていたが、至近距離なら間違うはずもない。

「手順通りに爆撃を行う」

隊長機より無線連絡が入る。編隊は一二機がW形の配置で前進し、それが二組前後に並んでいる。まず隊長機が爆弾を投下し、そのタイミングで前衛の一二機も投下し、それに従い後衛も要塞上空で爆弾を投下した。

要塞からは何の反応もなく、水上偵察機隊は演習のような感覚で前進を続けられた。爆弾も風に流されたものもあったが、静止した固定目標であるから二四個すべてが命中した。

爆弾はいずれも天井部分を貫通し、内部で爆発した。爆炎を彼らは確かに確認した。貫通孔からは黒煙が上るのが見えたが、なぜかそれらはすべて消えてゆく。消火活動が行われているのか。

二四機の水上偵察機は、そのまま艦隊に向けて帰還する。作戦で一番の問題は、攻撃を除けばここからだ。

巡洋艦では空母と違って、水上偵察機は海面に着水し、デリックなりクレーンで回収しなければならない。米海軍の巡洋艦は日本海軍と対峙している関係で、太平洋での戦闘を想定し、四機の水上機を搭載していた。

だから水上機の回収という面倒な作業を、一隻につき四回繰り返す必要があった。なので帰還だけは、速度を調節し、時間差を設けて回収の混乱を避ける。

レーダーには、そうして何組かに分かれる水偵の姿が映っていたが、すぐに警報が出される。

「六機の未確認飛行物体が急速に接近中！　速力……」

放送はそこで一度止まった。数字が信じがたかったためだろう。

「……速力五四〇ノット（時速約一〇〇〇キロ）！」

ハート大将は電話機に手をかけかけた。五四〇ノットいえば、ほぼ音速ではないか。そんな馬鹿な話があるか。レーダー手は何をしているのか！

だが、彼は電話をおいた。六機の四角い飛行物体が白い尾を曳きながら急接近してくるのが、窓から見えたからだ。その六機は先行する二四機の偵察機に接近する。そして何かが光ったと思った瞬間、最後尾の六機の偵察機が空中で爆発した。

そして次の瞬間には、さらに六機が消えた。それがさらに二回続き、飛行中の偵察機は完全に消滅した。

そして、六機の飛行物体は、海面より一〇〇メートルほどの高度で、戦艦メリーランドより距離五キロほどの位置で静止し、横並びになっていた。

この時、戦艦部隊は左舷側がメリーランド、ウエストバージニアの順で並び、右舷側はリヴェンジ、ラミリーズの順で並んでいた。そのさらに外側を、巡洋艦、駆逐艦が守っていた。

まず、その外側で縦陣を作っている巡洋艦と駆逐艦が、六機の飛行物体に高角砲や主砲を向けた。

だがそれらが発砲することはできなかった。米海軍の駆逐艦の主砲は両用砲として高角砲も兼ねていたが、その砲塔が爆発し、弾薬庫から激しい火災が起きていた。

巡洋艦も高角砲だけでなく、ついには主砲まで爆発し、それによる火薬庫への誘爆で轟沈した。

「何が起きているんだ！」

ハート大将は叫ぶ。飛行物体は何の攻撃もしていないのに、どうして偵察機が爆発し、艦艇まで沈んでしまうのか？

護衛艦艇の障壁が突破されると、戦艦メリーランドとウエストバージニアは飛行物体と直接対峙することとなった。

飛行物体は胴体下に金属製の筒のようなものを懸吊《けんちょう》していた。それは大砲を連想させるが、しかし艦砲の類とは違う機械に見えた。そしてメリーランドの艦橋楼が何かに切断されたかのように上甲板に落下した。同じことは僚艦のウエストバージニアでも起きている。

さらにウエストバージニアの艦橋や煙突が切断されるのが見えた。何を使っているのか、あの筒から出ている何かが、戦艦を切断しているのだ。

ハート大将がそう思った時、彼の足場が崩れた。自分たちの艦橋もまた切断されたのだ。数十メートルの高さから艦橋ごと落下したために、ＡＢＤ艦隊指揮官は、幕僚もろともに死亡してしまう。

そして戦艦メリーランドとウエストバージニアは船体を三ヶ所から切断され、解体したまま轟沈する。

戦艦リヴェンジとラミリーズの二隻も、あまりにも状況の変化が早すぎて、どうすべきかわからない。その間に、艦橋の切断さえされないまま、一気に船体を三つに分解され、そのまま沈没してしまった。

六機のピルスは、そのまま残存している巡洋艦をすべて切断し、沈没させると、残された駆逐艦には手を触れぬまま、要塞へと帰還して行った。

いわゆるレイテ沖海戦は、このピルスが帰還した一二月八日〇八〇〇に終了した。ハート大将もリータム中将も戦死したため、残存艦艇はオランダ海軍のドールマン少将の指揮のもとで、マニラに緊急避難することとなった。

翌、一二月九日、オリオン集団はジン・ガプスの大使館を介して、アメリカ合衆国政府、イギリス政府、オランダ亡命政権に対して、ズン・パトス破壊の損害賠償を要求する。

8章　賠償問題

昭和一五年一二月一三日

日本政府に管理が移行したピルスの数は六機になったが、これに伴い陸軍の代々木練兵場に離着陸の施設が置かれることとなった。ただし、ピルスの運行スケジュールは事前にオリオン集団に連絡する必要があった。

理由は単純で、操縦士がいないためだ。連絡すると操縦士を乗せたピルスが大使館のあるジン・ガプスから飛んでくる。時には練兵場に設けられた搭乗員のための平屋の待機施設で、大使館職員の操縦士が待っていることもあった。

ただ彼らは施設内からは出ない。法的には不法入国となるからだ。妙なところでオリオン集団は律儀に見えるが、本音は日本人との接触機会を最小にしたいためと思われた。

さすがにこれは面倒なので、操縦を習いたいと陸海軍航空隊からオリオン太郎に要望が出されていたが、彼はその必要を認めようとしなかった。まだその時期ではないと彼は言う。

「軍事作戦に転用されて、そちらの紛争に巻き込まれては困りますからね」

それがオリオン太郎の言い分で、陸海軍にとっては痛いところを突かれたことでもある。陸海軍の関心はまさにそこにあったからだ。

ピルスを陸海軍で導入したいという欲求は、レイテ沖海戦以後ますます強まっていた。米英蘭の三国海軍はレイテ沖で「不法侵入者」と交戦し、それらを撃退するも、艦艇にも損害を負った。

公式発表はそこまでだったが、日本政府はABD艦隊がオリオン集団を攻撃することを知らされていた。そして無線通信の分析から、空母、戦艦、巡洋艦の大型軍艦が全滅したのは明らかだった。

オリオン太郎はレイテ沖海戦について、その詳細を日本政府に明かすことはなかったが、ピルスでABD艦隊に大打撃を与えたことは認めていた。

日本海軍も第四艦隊の派遣で、駆逐艦をピルスの怪力線により解体されている。それだけに戦艦さえも解体したピルスの軍事的価値が、陸海軍でも強まっていたのだ。しかし、陸海軍がピルスの軍事的価値を認識するのと比例するかのように、オリオン集団側の軍部への機材提供の反応は冷淡とさえいえた。

実際問題として、ピルスは許可された人間以外は操縦席に入ることもできない。なので陸海軍で勝手にどうこうすることもできなかった。

そしてピルスの操縦士は、オリオン集団がズン・パトスで養成したらしいフィリピン人やマレー人だった。しかも、最近ではさらにインド人も含められているらしい。だが日本人は乗れなかった。

整備についても、代々木練兵場では行われていない。これはオリオン集団の所有の観念が人類と違うためか、日本政府に提供する六機は「使える最大値が六機」の意味らしく、特定の六機の管理を日本政府に委ねるということではなかった。

そしてこの日、代々木練兵場には三台の外国の自動車が集まっていた。それぞれにはアメリカ駐日大使のジョセフ・C・グルー、イギリス駐日大使のロバート・レズリー・クレーギー、そしてオランダの特命全権公使のジャン・チャールズ・パブストと、それぞれの国を代表する人間が乗っていた。

この時のために用意された横断幕で仕切られた車止めから、待機していた外務省職員の案内で、彼らは五〇メートル四方の空き地に案内される。

三人と彼らの随員を出迎えたのは、藤井啓之助臨時全権代表だった。

「日本側の代表は野村大使ではないのか？」

そう不満を漏らしたのは、パブスト特命全権公使だった。

「誤解して頂きたくないが、貴殿らとの会談を行うのは、日本政府ではない。あくまでもオリオン集団の代表である。

日本政府は、あくまでも第三者として会談に立ち会うだけである。小職はそのための権限を政府より与えられている」

「公平な第三者というわけですか」

藤井代表はグルー大使のその言葉に皮肉の色を感じた。オリオン太郎の説明では、ABD艦隊はオリオン集団の拠点を空襲した報復攻撃により、戦艦四隻、空母二隻、巡洋艦一隻を失ったという。

オリオン太郎も戦闘の詳細を説明はしなかったが、何によるものであれ、一七隻の大型軍艦を失うなど、実質的には全滅に等しい。

これに対して、最大の損失を被《こうむ》った米海軍筋からは、「日本海軍が第四艦隊の報告書を提供してくれたなら、ここまでの被害は被らなかったはずだ」という声も聞こえないではない。

これに対して、日本政府は「聞こえない」という態度で一貫していた。そもそも国防上の秘密も多数記述されている報告書を、外国軍に開示できるわけもなく、それは作戦前の米海軍も認めていたことだ。

そしてレイテ沖海戦の大敗を受けて、アメリカからオリオン集団に対して、世界を代表する国際機関を創設するという提案がなされたが、それもあまり進んでいない。

イギリスはドイツとの戦争中であり、そうした枠組みに参加できる状況にはない。そしてアメリカと共に戦争から中立の日ソは、すでに独自にオリオン集団と関係を築いていた。オリオン集団が事実上、アメリカとの接触を避けていたこともあって、この分野ではアメリカ人は国際的に著しく遅れているという現実に直面していた。特に、日ソ間でオリオン集団に対する国際的な科学者会議が準備されていることには、アメリカ国務省も強い焦りを覚えているらしかった。

グルー大使はこの状況に、国務省内で非常に厳しい立場に置かれていた。グルーが駐日大使として本分を尽くしていれば、こんなことにはならなかったという意見がワシントンで噴出しているというのだ。

これは彼が「健全な常識」の持ち主であり、「火星人の飛行機が追浜に着陸した」という「非常識な話」をほぼ無視していたことが大きい。それにグルーの言い分としては、彼の報告はワシントンの国務省も認めていたわけであり、ハル国務長官は自分以上に情報に通じていたのだから、すべての責任を負わされるのは間尺《まじやく》に合わない。

そうした彼から見れば、日本の「公平な第三者」という立場には一言言いたくもなろう。

「それで、オリオン集団側の代表はいつ現れる？」

グルー大使は苛立ちを隠さない。藤井代表にもそれは理解できた。オリオン集団との交渉を仲介しているのは日本政府であるが、そもそもアメリカ、イギリス、オランダは、オリオン集団を主権国家あるいはそれに準ずるものとは見做《みな》していない。

したがって大使クラスの人間と交渉を行い、何某《なにがし》かの妥協が成立したとして、その約束にどこまでの効力があるのか、法的には不明確な部分も多い。

ただ、相手が簡単に戦艦を斬り刻めるような相手となれば、主権国家と認めるかどうかは別として、無視はできない。常識的な外交官なればこそ、このような例のない交渉には苛立つだろう。

「彼らは貴殿らを迎えにくるとのことだ。上を見たまえ」

藤井代表は芝居がかった仕草で上空を指さす。外交に携《たずさ》わるものとしては、一度はやってみたい仕草であるが、いざ実行すると、思ったほどの感激はない。

そもそも遥か上空に滞空しているピルスは、オリオン集団の製造したもので、日本が開発したものではない。他人が作ったすごい機械を、さも自分らが作ったような顔で自慢するのは、藤井代表にはかなり抵抗があった。

ただ、大使や公使たちは、藤井代表の予想以上にピルスの姿に驚いていた。自国の軍艦を簡単に切り刻んだ飛行機を、日本政府がすでに利用していることに、彼らは衝撃を受けたのだ。

保有するピルスが何機かは知らないが、いずれにせよ日本はとてつもない武力を手にしている。三人はそう解釈し、日本はこのことを見せつけようとしていると理解したらしい。

ピルスは危なげなく着陸したが、周囲は一瞬、その熱風に煽られた。

「日本軍人が飛ばしているのか？」

グルー大使の質問に、藤井代表はただ「民間人だ」とだけ答える。じっさいは日本軍の軍人はおろか日本人でさえなく、フィリピン人かマレー人だろう。その辺りの詳しいことは藤井代表も把握していない。

ピルスの内部は、客船の貴賓室のような内装が施されていた。給仕も乗り込んでいたが、三国の大使や公使はそんなことよりも、ピルスの性能そのものに関心があるようだった。

グルー大使やクレーギー大使は藤井代表にピルスの技術的な質問をしてきたが、彼にも返答のしようがなかった。ロケット機であるとは聞いているだけだった。

ピルスに乗っている時間は一〇分足らずだった。その一〇分で代々木の練兵場からジン・ガプスの大使館まで移動した。単純計算で音速の倍近い速度で移動したことになる。

ピルスは格納庫ではなく、船首にある円形の飛行甲板に着陸した。一行が外に出ると、そこには男女合わせて数名の人間が待っていた。オリオン太郎とはあまり似ておらず、人種もバラバラであった。

全員が二〇代と思われる若者で、薄い青色の制服を着用していたが、それは世界の軍服の最大公約数のようなものだった。素材もよくわからないが、一番近いのは絹だろう。

「オリオン太郎代表がお待ちです」

出迎えの中でリーダーらしい青年が、そう訛《なま》りのある英語で語る。見た感じではインド人と思われたが、さすがに藤井代表もこの場でそれを尋ねはしない。

その場の制服の者たちは英語でやりとりをしていたが、誰からも訛りが感じられた。英語圏の宗主国を持つ植民地の人間ではないかとの印象を藤井代表は抱いた。

グルー大使、クレーギー大使、パブスト公使と共にブリッジに案内された。そこからは周囲の様子が一望できたが、誰も景色のことなど話題にしない。

「ようこそいらっしゃいました。どうぞこちらに」

オリオン太郎は、このためにあつらえたかのような非の打ちどころのない完璧なスーツ姿で現れた。どこの国でも政府高官で通用するような姿である。

そうしてオリオン太郎は、二〇人ほどの人間が席につける大きなテーブルに、大使、公使、その随員につくように教科書通りの英語で促す。文字通り、イギリス英語だ。

アメリカ、イギリス、オランダの関係者が席につき、最後にオリオン太郎と、その隣に藤井代表がつく。

「それではオリオン集団の要求を伝えます」

オリオン太郎がそう言うと、ズン・パトスの立体映像が浮かぶ。それは上空の飛行機からの映像なのか、低空から瓢簞形の人工島を移動しながら映していた。ただ視点が移動しているので、再現された映像はゆっくり回転して見えた。藤井代表は何度かこういう映像を目にしていたが、他の人間たちはその映像に声を上げた。

「ABD艦隊による攻撃で、ズン・パトスは損傷を受けました」

瓢簞のような形状のズン・パトスには、爆弾を受けたことによる損傷が見て取れた。それらは天井部を貫通し、施設内部で爆発していた。全体の中では小破程度だが、爆撃による損傷は隠しようもない。

「ズン・パトスは、あなた方の技術力では製造不可能な精密機械技術の産物です。あなた方の技術力で同等のものを製造するとすれば、低く見積もっても五億ドル相当となるでしょう。したがってオリオン集団は、ABD艦隊の当事国であるアメリカ合衆国、イギリス、オランダに対して、五億ドルの支払いを要求します」

いきなりのオリオン太郎の要求に、三カ国の代表は怒りを露わにする。

「我々は戦艦と空母を失った！　賠償を口にするならば、そっちが先だろう！」

クレーギー大使が声を荒らげるが、オリオン太郎は冷徹に言い放つ。

「君たちは敗北したのだ。故に要求を出せる立場ではない。我々がABD艦隊を全滅させなかったのは、戦闘の一部始終を証言する目撃者が必要と判断したためで、そうでなければABD艦隊は完全にこの地上から消滅していただろう」

そうして立体映像は切り替わり、ピルスの攻撃により戦艦や巡洋艦が光線により切り刻まれる光景となった。

「君たちが我々を全滅させることは不可能だが、我々には君たちを全滅させることは可能だ。

たとえばロンドンを地図から消し去れば、ドイツ軍は翌日にはドーバー海峡を渡るだろう。君たちは、地球上で戦争が起きていることの意味をもう少し理解すべきだ」

藤井代表は口にこそ出さなかったが、強い違和感を覚えていた。彼とてオリオン太郎との対面は片手で数える程度だが、その時のオリオン太郎は、言い方は悪いがどこか抜けているような男だった。地球の人間ではないから、常識に欠けている印象だ。

だが、いま目の前で三カ国の代表と話しているオリオン太郎はまったく別人に見えた。

「オリオン集団の要求はまだある。

君たちが植民地としている地域での、オリオン集団の活動の自由を認めること。

さらにイギリスに関しては、アッヅ環礁の割譲を要求する。君たちが密かに建設している海軍基地の所在地だ」

クレーギー大使は、アッヅ環礁にイギリス海軍の基地があることなど知らないようだったが、スタッフの一人から説明を受け、事実であることを確認したらしい。

藤井代表は、段々と薄気味悪くなってきた。あのどこか抜けているオリオン太郎が芝居とは思えない。知識や文化への無知に起因する行動や理解の不合理さと、馬鹿を装う芝居の区別くらいできる自信は彼にもある。

そして大国の代表を相手に動ずる風のないこのオリオン太郎もまた、芝居などしていないのは明らかだ。

つまりオリオン太郎は、短期間で急激に変化したということだ。やはり奴は人間とは違う。藤井代表はそのことを再確認した。

「領土の割譲とは、何の権利があってだ！」

　クレーギー大使は抗議するが、オリオン太郎は表情も変えない。

「勝者の権利ですよ。他に何があります？　それともあなた方は、艦隊を全滅させられるか、地上部隊が一掃されないと、自分たちの敗北も認識できないのですか？

　ご覧なさい、権力が誰にあるのかを！」

　オリオン太郎がブリッジの窓から水平線の一点を指さす。そこには大型船が浮かんでいた。見た感じでは戦艦に見えたが、それにしては主砲塔が二基しかなく、その代わり副砲が多いなど旧式に見えた。

「日本海軍が軍縮で沈めた戦艦安芸です。我々がサルベージしました」

　そうした彼らの頭上を、どこから飛んできたのか一機のピルスが通過する。ピルスは何か細長いものを懸吊《けんちょう》していた。

　そして空を何かが走ったかと思うと、それは戦艦安芸に一直線に飛んでゆく。激しい光とともに水平線に巨大な水柱が上った。数十秒後、大音響がブリッジに轟く。そして戦艦安芸の姿は消えていた。

「特殊誘導弾です。この距離なら我々にも実害はないだろう。

いまはサルベージした戦艦だった。だが照準を変えるなら、アメリカ東海岸を地上から消し去ることも、オランダが存在した場所をヨーロッパの内海にすることもできる。五億ドルの支払い方法については、我々が同等の債権者となるなり、我々の債券を諸君らの国が引き受けるなり、さまざまな手段が検討できるだろう。行動の自由条項は、別に諸君らの植民地を奪うわけではない。そんなことには興味がない。ただ、人々に教育を施す事業を邪魔しないように望むだけだ」

そうして巨大な船は、先ほどの特殊誘導弾の爆発の余波を受け、感じるほどの動揺があった。

「そのような重要なことは、本国でなければ決定できない。ここで責任ある回答はできかねる」

グルー米国大使が青ざめた表情でそう述べる。そして、続ける。

「オリオン集団のそれは、恫喝《どうかつ》ではないか！」

「君たちの歴史には恫喝的な外交はないとでもいうのかね？　我々も恫喝的外交は望むところではなく、また長期的視点ではそうしたやり方は非効率と認識している。

しかし君たちの歴史に鑑みるに、恫喝的な外交でしか、我々の意図は伝わらないとの結論に至ったのだ。

我々は君たちと共有する文化がないのだ。紳士的な話し合いを求めても、文化的な相違がそうした事業への高いハードルとなっている。ならばより動物的本能に訴える恫喝的な外交が、一番誤解を与えないという結論になるのだよ。我々が君たちの国の植民地で教育活動を行うのは、最終的にはコミュニケーション可能な共有できる文化基盤を構築するためだ。そうなれば我々と諸君らは、より効率的な話し合いの段階に到達できよう」

オリオン太郎の指摘を三カ国の代表は決して納得しているようではなかったが、反論するものもいない。ただパブスト公使は藤井代表を見据えて、発言する。

「日本の植民地はどうなのだ？　行動の自由とやらを約束されているのか？」

「我々はそう理解している。事実、現在まで邪魔はされていない」

パブストもグルーもクレーギーも驚きの表情で藤井を見やるが、驚いたのは藤井も同じだ。

藤井の知る限り、日本政府が朝鮮半島や台湾での活動の自由をオリオン集団に与えたなどという話はない。だが、いまここで否定もできない。自分とて情報に精通しているわけではないのだ。

ともかく、会見は短時間で終了した。三カ国の大使、公使はピルスで戻り、藤井代表は残ってオリオン太郎に先ほどの発言の真意を確認する。

「大使館は日本と我々の相互理解を進めるための存在と明記されていますよ。植民地が日本の領土であるなら、そこに住む人たちと我々の相互交流は大使館の仕事の一部じゃないですか」

オリオン太郎は、藤井が知る、あのオリオン太郎に戻っていた。話の通じなさも含めて。

*

一九四〇年一二月一五日

東インド艦隊は、ABD艦隊への参加により、空母一隻、戦艦二隻、巡洋艦二隻、総計五隻の有力軍艦を失っていた。

このため早急な戦力立て直しが求められた。ABD艦隊の一方的敗北は、日本やドイツ、フランス、そしてソ連のメディアを中心に大々的に報道されていた。

それらの報道はオリオン集団については不明確ではあったが、米英蘭の三ヶ国に賠償金が請求されていることまで記載されていた。

ドイツに占領されているオランダでは、国民のほとんどが東インド艦隊の壊滅的打撃を知り、アメリカも公開を余儀なくされ、イギリスのみが現時点での報道管制を敷いていたが、ヨーロッパの大半が知っていることを国民に知らせないのは限界があった。

一三日のクレーギー駐日大使の政府への報告は、賠償金問題もさることながら、孤島とはいえ領土の割譲を要求されていることに強い危機感を覚えていた。

これはオリオン集団とイギリスの単なる二国間の問題ではない。オリオン集団とドイツ政府が何らかの関係を持っていることは、この問題をより難しくしていた。

現時点でドイツにおけるオリオン集団との窓口は外務省ではなく、国防軍情報部であるらしい。そのことはドイツ政府における軍の存在の大きさを意味していた。

だからイギリス政府はオリオン集団との関係に苦慮していた。オリオン太郎は、ロンドンが消滅すればドイツ軍がドーバー海峡を渡るとさえ言っているのだ。

チャーチル首相は、そこでアッヅ環礁に東インド艦隊の残存戦力を集結させた。戦艦や空母など、まだ有力な軍艦は残っている。それらを再編して海軍力を維持しなければならない。

チャーチルの思惑は、アッヅ環礁に艦隊を集結させ、オリオン集団の占領を困難とすることで、イギリス政府が彼らと交渉窓口を作ることにある。

幸いなことにABD艦隊の作戦行動を支えるために、有力艦艇の移動は進められており、アッヅ環礁への部隊集結は比較的順調に行われた。

戦艦はウォースパイト、ロイヤル・サブリンの二隻が、空母はハーミーズとインドミタブルの二隻、そして巡洋艦四隻に駆逐艦や哨戒艇がアッヅ環礁に集結した。

そのうえオリオン集団のピルスという飛行機の奇襲に備え、レーダーが装備され、環礁には高射砲などの対空陣地の建設が始まっていた。これだけでなく、軽戦車や巡航戦車に対空機銃を搭載した対空自走砲も揚陸されていた。

これに加えて航空戦力として、飛行艇や水上偵察機も増強されていた。空母航空隊が迎撃戦力として活用されるが、ピルスを敵の誘導弾の射程圏外で発見するため、これらの航空機が遠距離哨戒にあたっていたのだ。

ショート・サンダーランド飛行艇も、そうした哨戒任務にあたっていた。その飛行艇は、航空機としては珍しくレーダーも搭載されていた。敵の接近をいち早く察知するためだ。

「機長、その火星人だか、オリオン集団というのは何なんですか？」

操縦席の後ろにある航法席から航法士が尋ねる。声は気楽だが、緊張している時の航法士の口調がこうなることを機長は知っている。

緊張するのは当然だろう。オリオン集団を早期警戒する任務となっていたが、オリオン集団に関する情報はほとんどなかった。ピルスという飛行機が彼らの唯一の武器であり、その搭載火器が脅威であるらしい。

その威力は戦艦をも破壊するという話もあるが、それは噂レベルでしかない。そもそもオリオン集団なるものも、降って湧いたように現れた存在であり、正体は依然として不明である。

「よくわからんが、地球以外の惑星からやってきたらしい。オリオン座の方から来たって話もある」

パイロットでもある機長は、そう肉声で話しかける。機内電話でするような話ではないと思うからだ。

「やっぱり地球の病原菌に免疫がないから死ぬんですかね？」

「殺菌消毒くらい知ってるだろ」

小説なら病原菌に免疫がないから死滅という筋も成り立つだろう。しかし、自分たちでさえ植民地へ行くには予防注射をするのだから、高度な文明の人間ならワクチンの一つも打つだろう。

「聞いた話だと、日本にやってきたオリオン人は射殺されたそうだ。それにイギリスに侵入しようとした奴は空軍機に撃墜された。文明がどうであれ、死なない生物はないってことだ」

「奴らも死ぬのか」

航法士はそれで少し安心したらしいが、機長としては気休め程度の話にしか思えない。

「機長、レーダーに反応があります！」

レーダー員が報告する。

「何かがアッヅ環礁に接近しています……速度は……わかりません」

レーダー員の口調は明らかに震えている。

「わからないとはどういうことだ？」

「計測できないんです」

機長が当惑していると、副操縦士が叫ぶ。

「あれだ！」

サンダーランド飛行艇よりも遥かに上空を、何かが飛んでいるらしい航跡が見えた。そしてそれは一瞬で飛び去り、アッヅ環礁へと向かった。

機長は飛行艇を反転させ、アッヅ環礁へと機首を向けた。そして彼らはアッヅ環礁に火柱が昇るのを見た。

「隕石が落下したのか！」

これは自然現象なのか、それともオリオン集団の攻撃なのか？　サンダーランド飛行艇も衝撃波に煽られたが、それは何とか乗り越えた。そしてアッヅ環礁を中心に、同心円状に津波が広がっているのが見えた。

「これは……」

機長は声もない。アッヅ環礁の辺りは海水が泡立っている。そして東インド艦隊の姿もそこにはない。戦艦も空母も駆逐艦も、船と名のつくものは救命ボートの類まで、そこには存在していない。ただマグマのような赤いものと水蒸気が、環礁があったはずの場所に見えるだけだ。

機長は言うべき言葉を失ったが、すぐに事態の深刻さを理解すると一番近い無線局に報告する。

「突然の隕石落下により、艦隊は全滅、アッヅ環礁に艦影なし、生存者を認めず！」

果たして、誰がこの無線通信を信用してくれるというのか？　機長は偵察員に写真撮影を命じた。この惨状は記録しなければなるまい。

「機長、航空機が接近してきます！　一〇機はあります！」

「友軍機か？」

「違います！　友軍機よりも遥かに高速です！」

機長は前進を急ぐ。オリオン集団の航空隊がやってくる前に、上空の写真撮影を行い、それを持ち帰らねばならない。

最高時速三四〇キロの飛行艇にどこまでできるかわからない。しかし、彼らはついにアッヅ環礁の直上に到達した。煮えたぎる環礁は、マグマが海水で冷やされ、新しい島が生まれようとしていた。

そして唐突に飛行艇の主翼が切断され、それらは生まれつつある溶岩の直中に墜落し、新しい島の一部となった。

彼らは落下した小天体の一端に、カーボンナノチューブが結ばれていたことを知らなかった。衝突の衝撃でも蒸発しないための保護シールドが施されていたことも。

最高速度で飛行する機体がそれに接触すれば、一刀両断されるのは不可避であった。

軌道エレベーターの建設用ガイドラインが計算通りの強度を維持していることを確認したピルスの飛行隊は、海水でマグマが冷えるのを待ち、すぐに次の段階の作業に取り掛かった。

一二月一五日のアッヅ環礁の出来事は、イギリス、アメリカ、オランダの代表を、オリオン太郎との交渉のテーブルにつけるには十分な理由となった。

オリオン集団により、イギリス海軍は四隻の戦艦と三隻の空母、六隻の巡洋艦、駆逐艦多数を失った。イギリス海軍にとっては深刻なダメージだった。ドイツとの戦争を行っている中で、これ以上の海軍力の喪失は、戦線の崩壊につながりかねない。

すべての海軍力を大西洋正面に展開したならば、アジア方面の海軍力が皆無となる。レイテ沖海戦の後、日本海軍が無傷である状況で、これは看過できない現実だ。

だからこそイギリスはオリオン集団との戦闘状態を終わらせねばならず、そのためには賠償問題を解決する必要があった。亡命政府がイギリスにあるオランダとしても、この状況では交渉のテーブルにつかざるを得ない。

そうなるとアメリカだけが賠償問題を放置するわけにはいかない。アメリカ抜きで交渉が進むのは、どう考えても国益を損なう。

さらにアメリカにも賠償問題を早期解決しなければならない事情がある。『日米通商航海条約の暫定協定』により日本との貿易が自由化されたことで、アメリカ経済は活況を呈していた。

日本が大量の金をアメリカに提供しての消費財の大量購入が、アメリカの民生部門の景気を刺激したのである。不景気になりかけていたアメリカ経済は、これで一転して好景気になると思われていた。

それがレイテ沖海戦におけるABD艦隊の大敗により、株価は再び暴落し続けた。それが世界恐慌の引き金となった「暗黒の木曜日」の再来とならなかったのは、金資産を背景とした日本の機関投資家による株の買い支えのおかげであった。

ルーズベルト政権は、日本のこうした米国株の買い占めを無条件で喜んでいたわけではなく、正直に言えばかなり警戒していた。しかし、それも大恐慌を避けるためには甘んじて受け入れるべきリスクであった。

ただ、現状は薄氷の上を歩いているに過ぎない。日本がアメリカに好意的な態度を維持しているのも『日米通商航海条約の暫定協定』が結ばれたからであるが、日本とオリオン集団の関係によっては、日米関係がどうなるかは予断を許さない。

賠償問題を放置し続けた場合、オリオン集団が日本に圧力をかけ、アメリカ経済に大打撃を与えることは現実問題としてあり得る。日本が手持ちの株を一斉に売却するだけで、破局は訪れる。

一二月二〇日にジン・ガプスで行われた賠償問題の交渉には、アメリカ、イギリス、オランダだけでなく、日本とソ連の代表も参加していた。

交渉とは言うものの、オリオン太郎は解決策の草案を幾つか用意し、どれを選ぶかを決めるという異例の形式で行われた。本国に問い合わせねばならないとなると、代表団のメンバーはピルスで本国に戻り、了解を求めるようなことも行われた。

ただし、関係国は国境の存在を完全に無視したピルスの飛行を避けるために、本国を往復するような真似は一度しか行われなかった。

最終的にオリオン集団による内政不干渉が約束され、その条件下で彼らの植民地における行動の自由が認められた。アッヅ環礁は割譲ではなく、一〇〇年の租借という形で落ち着いた。

そしてABD艦隊による損害賠償は、日本とソ連が三国の賠償金を肩代わりし、アメリカ、イギリス、オランダはこの二国に弁済することで決着した。

俯瞰するならば、オリオン集団が日本とソ連に提供する金塊が、アメリカやイギリス、オランダの手を経てオリオン集団に戻るようなものだ。

この賠償問題の話し合いの中で、オリオン太郎の提案により、英独および戦争に伴い影響を受けた周辺国による『欧州占領地問題解決委員会』の設置が決定した。要するにイギリスとドイツの停戦のための枠組みである。

この背景には世界経済の環境の激変があった。ほんの二ヶ月ほどの間に、世界の金生産量に等しい一〇〇〇トンあまりの金塊が流れ込んでいた。単純計算で、従来の年の六倍以上の金塊が世界経済に流入した計算になる。

だが戦争当事国であるイギリス、ドイツなどの国々は、こうした世界潮流の中からは置き去りにされていた。

戦争状態なのは日本と中国も同様ではあったものの、この二国は現状を「武力紛争であって戦争ではない（だから日華戦争ではなく日華事変である）」と双方ともに主張していたために、イギリスやドイツほどには国際法上の制約を受けずに貿易を行うことができた。

この状況で複雑な立場だったのは、インドシナを植民地とする仏印総督府であった。本国との貿易は事実上不可能であり、仏印の経済を維持するための貿易相手国としては日本以外の選択肢はなかった。

これにより仏印には、日本との貿易により大量の金が収められることとなった。ドイツは戦費の多くをフランスからの収奪によるしかなかったが、そのフランス経済を国際金融により植民地である仏印の金が支えるという構造が出来上がりつつあった。

イギリスとドイツが停戦交渉に積極的なのも、世界経済のこうした変化があったからだ。戦争当事国と中立国・非交戦国は国際法上、自由な貿易はできないためである。

イギリスは国としてオリオン集団との接触はなく、ドイツにしても国防軍情報部との情報交換レベルで、国としての交流はない。このためオリオン集団の金塊はこの二国には提供されていない。

それでもイギリスは、カナダやオーストラリアなどの連邦国の経済力がすでに本国の経済総生産を上回っており、これらがイギリス経済を支えることはできた。

それに対して広大な占領地と戦費負担の増大は、ドイツ経済に深刻な影響を与えていた。

ソ連から輸入する穀物代金さえ、容易に払えないという現実が彼らにはあった。停戦交渉の段階でドイツの中央銀行の保有する金は五〇トンに満たなかった。

つまり経済的にドイツは戦争を続けられるような状況にはなかった。だから対外的にはどうであれ、ヒトラー亡き後のドイツ政府首脳も今回の停戦の動きを歓迎していた。

また日本と中国との停戦に関する枠組みを話し合う機構についても確認された。大国間の戦争は、こうして終息に向かう道筋をつけ始めた。そして一二月二五日、『欧州占領地問題解決委員会』の予備委員会の第一回会合が、中立的立場であるジン・ガプスの船内で行われることも決定した。

独ソの独裁者の死去に伴う政変とABD艦隊の大敗、こうした事件が世界の流れを変えようとしていた。そしてそれは世界平和の潮流のように思われた。

それに伴いオリオン集団の存在についても、素焼きの壺から水が染み出すように、世界各地でその情報が流れ始めた。そうする中でオリオン集団は英語圏を中心に Orion collective と呼ばれるようになり、日本でさえもオリオン集団より、オリコレで通じるようになっていた。ただし、オリオン集団の実態を知る地球人は増えてはいたが、未だ少数派であった。

＊

昭和一五年一二月二五日

この日のジン・ガプスの周辺は、いつになく緊張した空気に包まれていた。船内の大使館エリアの一角で、『欧州占領地問題解決委員会』の予備委員会の第一回会合が行われるからだ。

領空侵犯の問題を回避するために、ジン・ガプスは銚子沖合から太平洋の公海上に移動していた。

この巨船の周囲は重巡洋艦利根と駆逐艦四隻が警護にあたり、さらにイギリス海軍とオランダ海軍の駆逐艦が、それらと併走していた。さすがにドイツ海軍の船舶の姿はここにはない。

イギリス・オランダの駆逐艦は、それぞれの外務省代表を警護するという名目で参加していたが、交渉の内容によっては武力行使も辞さないという示威行為なのは明らかだった。

しかし、それはレイテ沖海戦で戦艦や巡洋艦を失い、大型軍艦を出せない現実を晒《さら》す結果とも言えた。そもそも二〇〇〇トンに満たない駆逐艦と二〇万トンの巨船では、勝負にならなかった。利根のような重巡洋艦ですら、ジン・ガプスの前では小舟にしか見えない。

各国の代表はピルスでそれぞれヨーロッパから運ばれる。彼らは警護の兵士の同行を求めたが、それはオリオン集団側から拒否された。その代わり第三国として、日本海軍陸戦隊が船上の警備についていた。

日本海軍陸戦隊が、こうした形で警備につくのは、大使館開設の条件として、その安全は日本が責任を負うとあったためだ。その時は、まさかこんな巨船が本当に空から降ってくるとは思っていなかった。利根と四隻の駆逐艦も、この大使館の安全を根拠として派遣されていた。

こうした世界史に載るような交渉が行われている片隅で、別の交渉が密かに進んでいた。ジン・ガプスは一つの都市のような船舶であるだけに、『欧州占領地問題解決委員会』の会議室や、各国代表に控室を割り当てても、十分すぎる余裕がある。空いている部屋には事欠かない。

実際、桑原茂一にしても、いま現在来ているはずのイギリスやドイツの代表団の姿を見ていなかった。桑原は現役の海軍武官として、特命全権委員という立場で日本側の交渉役となっていた。

桑原自身、これは外務省の管轄ではないかと思うのだが、外務省職員の多くは「人間ではない存在」との外交交渉に非常に消極的だった。彼らの観念ではオリオン太郎などは

「利口な動物」でしかないらしい。さらにオリオン太郎も交渉窓口に組織ではなく、人物を指定する傾向があるため、ますます外務省の出番は減っていた。

そして外務省が消極的な理由の一番ではないかと桑原が思うのは、オリオン集団の代表者にあった。鮎川悦子、満洲の女医であり、八路軍に部隊が襲撃されて以降、行方不明となっていた日本人女性だ。

彼女との対等な関係での交渉というのが、外務省高官には我慢ならないらしい。じっさいオリオン太郎に「もっとまともな人間を出せ」と詰め寄った外務省職員の姿は桑原も目にしている。もっとも、その職員の姿をジン・ガプスで目にすることは二度となかったが。

桑原が入室したときには、すでに鮎川は席についていた。今回の交渉は二人で行う予備的なものだ。それでも指定された船室は、二〇人の人間が余裕で入ることができる広さがあった。

オリオン集団も学んだのか、床にはカーペットが敷かれ、観葉植物などが飾られている。テーブルや椅子の素材は何かの樹脂のようだが、感触はマホガニーに似ていた。

鮎川は軍服のような服装だった。ジン・ガプスで働く地球の人間は、同じような制服を着用していた。ただデザインは軍服に似ているが、徽章《きしょう》も階級章もない。それでも彼らの組織は機能しており、鮎川は指導的立場にあるらしい。

さらに気になるのは、オリオン集団の大使館で働く地球の人間の数が、わずかではあるが着実に増えていることだ。彼らはどこからやってくるのか？　最近はアフリカからなのか、黒人を見ることも増えていた。人材は世界中から集まっているらしい。

「オリオン集団から日本政府に対する要求があるとのことだが、どういうことだろうか？」

ジン・ガプス内では大使館とそれ以外で活動領域がはっきりと分かれており、桑原や猪狩でも立ち入れない空間があった。そのため鮎川の姿を見かけても、接点はあまりなかった。

それでも彼女の姿を見かけるときは、オリオン太郎と一緒のことが多かった。時には、どこかの国の人間に何か指示を出しているような場面に遭遇することもある。

桑原は一度、オリオン太郎の側近であるかのような鮎川に対して「君は何国人なのか？」と尋ねたことがあった。それに対する彼女の返答は、辛辣《しんらつ》なものだった。

「それはフェアな質問だとお考えですか？」

桑原はそれを聞いて、心底自分が嫌になった。ことの是非を論じるならいざ知らず、相手の帰属を根拠に自分が優位に立とうとしたことが、本心から恥ずかしかったのだ。しかも鮎川は追い討ちをかけるようにこう言った。

「私が何国人か？　私は人間です。それ以上の属性は不要でしょう」

桑原は必ずしも鮎川の立場に同意はできなかったものの、そう言い切れる彼女の自立心には首を垂れるよりなかった。以来、二人の間でこの話題が出ることはなかった。

桑原は、この交渉の席で、そうしたことを思い出していた。自分たちは日本人ではあるのだろうが、対極にいる。片やすでに国家を超越し、個人として生きようとする者。そして国の代表としてここにいる者と。

「オリオン集団は地球の人々との良好な関係を求めています。しかし、すべての地球人との接触を求めているわけではありません。オリオン集団は、その資質があると認めた人間に教育を施したいと考えています。

だからその人選の対象には、日本政府の管轄下にある人々も含まれますが、これに対して政府として協力してほしい。それがオリオン集団の要求です」

「その対価は？」

桑原はそこから交渉に入る。しかし彼自身は、オリオン集団の要求は悪い話ではないと思った。要するに日本人の俊英にオリオン集団の科学技術を教えようというわけだ。

桑原が懸念するのは、こうした教育を受ける場面から日本が排除されることだが、鮎川の要求はその逆だ。

ただ彼らの言い方では、それは日本人に限定されたものではなく、朝鮮半島や台湾の人間も含まれるようだ。だがそれは特に問題となるようなことではないだろう。

もちろん、独立志向の民族主義的な人間には警戒しなければならないが、それは政府が十分対応できるはずだ。

「日本政府の協力の対価として、オリオン集団は五〇〇トンの金塊を提供する用意があります」

「五〇〇トンの金塊ですか」

最初にジン・ガプスを案内されたときに一〇〇〇トンの金塊を見せられてから、桑原もトン単位の金塊に対する感覚が世間とズレてきているという自覚はあった。昔と違って、いまは五〇〇トンの金塊と聞いてもそれほどの驚きはない。

これは五〇〇トンの金塊も、かつてほどの価値を示さなくなっていたことも大きかった。大量の金塊が国際金融に投入されたことで、金の価格は下落し、同時に世界的なインフレ傾向にあった。戦費は膨張し、戦争はますます経済的に割りに合わない選択肢になっていた。

「何人の人間を教育する予定なのです？」

「当面は世界中から一〇〇〇人を集めます。オリオン集団も方法論が確立しているわけではありません。桑原さんならおわかりでしょうが、オリオン太郎の言説も必ずしも一貫していない。彼らも現実を前に計画の修正を強いられているのです」

鮎川は表情をあまり表さずに、そう語る。桑原もそれなりに人物を見る目はあるつもりだが、彼女の表情だけは読めなかった。

「世界中から一〇〇〇人というと、日本からは何百人くらい？　優秀な人材を募るとなれば、やはり帝大から？」

「それはわかりません」

鮎川の返答は桑原には意外だった。国が誇る人材を選抜するからには、帝大かどうかはわからないとしても、人数の見積もりくらいはあるはずだからだ。

「わからないというのは？」

「人材はいま調査中です。オリオン太郎やオリオン二郎の考えでは、人間を甲乙丙にわけ、それぞれに例えば、甲(十)、甲、甲(一)と等級をつける。その中で、まず甲(十)と判定した人の中から、一〇〇〇人を選びます。教育担当のオリオン二郎の判断では、人数に若干の変動はあるかもしれませんが、一〇〇〇前後なのは間違いありません」

鮎川のいうオリオン二郎とは、オリオン太郎の双子の弟的な存在らしい。実際は違うようだが、鮎川は細かい説明は却《かえ》って混乱させるとして、それ以上は説明しない。ＡＢＤ艦隊が攻撃した、ズン・パトスの責任者がオリオン二郎らしい。

それよりも桑原は、オリオン集団が人間を九等級に分けるという話が気になった。どうやってそんなことをするのか？　そもそも日本政府の協力とは何か？

桑原が尋ねる前に、鮎川は言う。

「オリオン集団は数年前から地球各地を調査しています。彼らにとって、人間は未知の存在だった。だからどうアプローチすべきかもわからなかった。

それでもようやくここにきて、人類との意思の疎通に成功できた。それにより、いままでの蓄積が活用できるようになったわけです」

「で、日本政府にどんな協力を求める？」

「オリオン集団の活動を黙認してください。社会秩序を乱すような真似はしません。それはお約束します。我々は甲（十）の人材と連絡を取り、本人の了解を得たのちに、我々の施設で教育を行います」

桑原は五〇〇トンの金塊の意味がわかった。今までの各国政府との交渉から、オリオン集団は金塊の提供で大抵の無理を押し通せると学んだのだ。彼は、明治初期の欧米の優れた技術を学ぶために海外に赴いた留学生のようなものを思い描いていた。

だが、鮎川の説明では、オリオン集団が勝手に選んだ人間を連れてゆくという。

「先に言っておけば、対象となるのは植民地を含む日本の領土内の人員です。子供と老人は避けますが、それ以外は男女の別も民族も関係ありません。甲（＋）であれば、それでいい」

桑原はそれが意味するところを、やっと理解した。それは前向きに解釈すれば完全な実力主義だろう。それも、機会の公平性も理念において実現しようとしている。

だからこそ、桑原はそこに社会秩序に対する危険性を感じた。現実世界は完全な実力主義でもなければ、機会の公平性も昔よりマシとしても、およそ完璧ではない。どこの家に生まれるかで、人間の人生はほぼ決まる。

オリオン集団がやろうとしていることは、日本に限らず多くの国で軋轢《あつれき》を生みかねない。

「オリオン集団の目的は、地球社会の秩序を破壊することなのか？」

鮎川は何か言おうと口を開きかけたが、彼女自身の想いは飲み込んだらしい。それは彼女が、桑原では話が通じないと判断したように思えた。だから彼女は言いたいこととは別のことを口にしたのだろう。

「これは一人の人間として、日本政府の代表者のあなたに伝えるものです。いままでオリオン集団と暮らしている中で、私なりに彼らがなぜ地球にやってきたかを観察してきました。

そこで得た私の結論は、彼らの正体は人間とは違う。人間の姿を便宜的に利用しているだけです。だから彼らは人間の身体を模倣しながらも、その肉体についても知らなすぎた。

そしてそれだけ異質な彼らは、彼らにしか理解できない理由により、大きな問題を抱えている。それを解決するために地球にやってきた」

「僕らには理解できない、大きな問題だと……」

桑原には鮎川が嘘をついているとは思わないが、何を伝えようとしているかがわからない。彼は、やっとあることに気がつく。自分よりも鮎川の方が聡明らしいと。

「もしもオリオン集団が抱えている問題を、人間に理解できる言語で表現するならば、もっとも近いのは……」

「君の理解で、もっとも我々に理解できる理由とはなんだ？」

「戦争、それが一番、近い概念です」

そして鮎川はさらに続ける。

「彼らは我々とは異質な存在です。彼らに対して生命倫理を期待するのは無駄である。悪意の有無さえ意味を持たない。そう考えるべきです。人類の安全のためには」

昭和一五年一二月二七日

官庁がそろそろ御用納めの準備に入っている中、陸海軍統合参謀本部だけは、そんな動きはなかった。ここは三六五日二四時間、担当者が詰めており、休むことのない部局であったからだ。

それでも大臣・局長クラスに年末年始の休みがあり、下っ端もまた休暇がある。休めないのは、ベテランと中堅幹部であった。危機管理上の問題の発生確率はベキ分布であり、大臣レベルで処理しなければならないような案件は極々一部であり、七割以上は中堅幹部の職掌で対処できるものである。

このことの影響を一番受けるのは、古田岳史のような立場の人間だった。この一五日に彼は陸軍中佐から陸軍大佐に昇進し、階級こそ上司の岩畔豪雄と並んだが、役職は変わらないため、岩畔には年末年始の休みがあるが、部下の古田にはない。

それどころか陸軍大佐になったので、裁量権だけは広げられ、要するに正月休みの間の案件はほぼ古田が解決しろという話になっていた。一応、仕事始めになったら三日ほどは休暇が出ることになっていたが、「はい、そうですか」とは休めない古田の性格を知っている岩畔の采配なのである。

もっとも古田の考えとして、いまは年末年始だろうが休めない。オリオン集団には盆も正月もないし、数ヶ月前と環境も大きく変わっているからだ。

まずオリオン集団の存在は、レイテ沖海戦以降、多くの人々に知られるようになっていた。ただ、政府筋も正体を摑みかねている相手だけに、情報統制はどこの国も厳格だった。

一方、アメリカでは原則として、検閲は行われない。軍事機密などの検閲が必要な案件も、報道機関のチームによる自主判断で行われるのが通例だった。

しかし、オリオン集団に関しては例外だった。かつてアメリカではラジオドラマの『宇宙戦争』を本物と思い込み、死傷者が出るパニックが起きていた。オリオン集団の報道は、そうした事実を思い出させないわけにはいかなかった。何より、ラジオドラマの火星人とは異なり、オリオン集団は実在するのだ。

年末年始で各国政府の機能が低下しているからこそ、突発事件が起きかねない。それ故に、自分は現場にいる必要がある。

岩畔課長に対しては、憤《いきどお》りは覚えていない。彼も陸海軍統合参謀本部では獅子奮迅の働きで、休暇をとってくれねば部下として心配なほどだ。岩畔も古田も斃《たお》れては、危機管理は大変なことになってしまう。

それもあって二七日は半休をもらい帰宅した。御用納めから仕事始めまでは職場に寝泊まりすることになろうから、その準備も必要だ。

「ただいま帰りました」

古田はそこで、玄関に旅行鞄が置いてあるのに気がついた。暁子《あきこ》は剣の達人であるだけでなく、聡明な女性なので、古田の年末年始の行動を読んでいたのだろう。

しかし古田の鞄だけでなく、暁子の鞄も置かれている。年末年始の夫婦旅行は楽しいだろうが、そんな話は互いにしていないし、時局からも旅行ができる状況ではない。それは暁子も知っているはず。

「お帰りなさいませ」

暁子はデパートに買い物にでも行くような、きちっとした洋装で古田を出迎えた。とりあえず居間に移動すると、古田の好物ばかりが並べてあるが、膳は一人分しかない。

「暁子さんの分は？」

「申し訳ございません。私はあなたとしばらく離れて暮らさねばなりません」

暁子は剣術の試合でもするような無駄のない動きで礼をする。それは彼女が真剣に何かを考えたことを意味している。配偶者だけにそれくらいのことは古田にもわかるが、状況がまるで摑めない。

「確かに、自分も参謀本部のことで家を蔑《ないがし》ろにしていたかもしれない。事実この年末年始も暁子さんとは過ごせない。それは実に申し訳なく思っている」

古田に思い当たるとすれば、これくらいのことしかない。ただ離れて暮らすという意味がわからない。古田が年末年始に帰宅できないのは事実としても、それを「離れて暮らさねばならない」とは言わないだろう。

暁子の実家に帰るというのも違う。何しろここは、暁子の実家の敷地内に建てた家だ。

「私も軍人の妻であります。あなたが公僕として、己の本分を尽くされていることは十分承知しております。そのようなあなた様を置いて、家を空けねばならないこと、実に申し訳なく思います。しかし、私も国のため、軍人の妻として行かねばなりません」

「ちょっと待ってくれ、離れ離れになるって、暁子さんが家を出るというのか？　それも国のためとは？」

暁子は古田の反応を訝《いぶか》しがっていたが、彼がそう言うと初めて得心がいったようだった。

「陸軍省に勤務なされているあなたがご存じない？」

暁子はそう言うと、持っていたハンドバッグの中から一通の封書を取り出す。そこには陸海軍統合参謀本部事務局とある。書式も体裁も間違いない。切手も貼ってあるし、消印も最寄りの郵便局のものだ。

古田が封筒の中を覗いてみると、一枚の紙片が入っている。

「ええと、古田暁子殿、あなたはオリオン集団の判定試験において、甲（十）という優秀な結果を得られましたことをご報告申し上げます……これは日本国の将来のためにもなる一大事業への参加資格であり……左記の場所にご足労願いたく……総務部代表　岩畔豪雄だと！」

古田は近くの椅子に倒れ込むように座る。オリオン集団が自分たちの判定基準で人間を九等級に分類し、甲（＋）に該当する優秀な人材を集めて教育する。

そんな話は確かに耳にしていたし、この問題の当面の責任者は総務部代表の岩畔だ。古田自身はこの件には直接関わっていないが、書面の内容に間違いはない。

しかも内容は国家機密に類するもので、市中で知るものはいない。そもそも古田が知らなかったのだ。偽造でもない。

「しかし、この文面ではしばらく離れて暮らすとは書かれていないが」

「電話がありました。オリオン太郎と名乗る方ですが、文面について全て知っておられました。その場で同意するかどうか尋ねられましたので、軍人の妻として、微力ながら国の役に立ちたいと答えました」

暁子が自分の才覚を世に問うてみたいという欲求を持っていることは、古田もわかっていた。彼女が男に生まれていれば、士官学校に入って、陸軍省や参謀本部で活躍していても不思議はない。本人もそういう分野に進みたかったと語っていたことがある。

剣の達人で女学校でも首席、しかしながら、彼女が活躍できるような仕事は日本にはない。暁子が何度となく、古田の仕事の相談役となってくれたのも、そうした欲求の表れだったかもしれない。ただ客観的にみて、古田も暁子にその才覚があると思っていた。家にある『作戦要務令』を暗記するほど熟読している人間など、現役将校でも数えるほどだろう。

「どこで働くのです？」

古田はそう尋ねる。すでに暁子は自分で決めたのだ。彼女が自分の人生の選択を行った以上、自分にそれを止める権利はない。少なくとも古田はそう考えた。

「やはり許していただけるのですね」

「暁子さんが決めたことです。それを支えるのが自分の役目でありたいと僕は思っています」

暁子はハンドバッグから、別の封書を差し出そうとするが、古田は手でそれを制する。

「離縁状の類は不要です。これでも自分は帝国陸軍大佐、狭い了見は持ち合わせていないつもりです」

暁子は目に涙を溜めていた。しかし、流しはしない。それが彼女の矜持《きょうじ》なのだろう。

「すいません、質問に答えてませんでしたわね。オリオン太郎さんによると、アッヅ環礁の……」

「インド洋じゃないですか！」

「……の上空三万六〇〇〇キロの宇宙です」
＊

昭和一六年一月二五日
「もうすぐですよ」

オリオン四郎がそう言うと、秋津俊雄の乗っているピルスの壁が透明化し、遠方にヒトデのようなものが集まっているのが見えた。

「あそこにはオリオン太郎もいます」

オリオン四郎は言う。オリオン四郎はオリオン太郎のブランチというのだが、意味はよくわからない。以心伝心というのか、オリオン四郎に話せば、オリオン太郎に話は通じる。オリオン太郎のブランチなるものは、二郎に始まり、三郎からいまは四郎になっている。

「あれは地球に展開した四基のパトスを集結させたものです。本来はあれが完成形です」

六つの角を持つ空中要塞パトスは、四基が方形に並んで、中心部にあるリング状の構造物に、角の一つを接する形でいた。

「あの輪っかの中に、その軌道エレベーターとかいうのがあるのか？」

「そうです。あの四基のパトスが、大気圏内の駅のような役割になるんです。ピルスで移動するのが便利ですから」

秋津は天文学者になったとき、よもや自分が宇宙に行けるとは予想もしなかった。しかし、いま自分はその宇宙に向かっている。

「天文学の国際学会を宇宙でやるのも悪くないですよね」

最近、とみに人間的になってきたオリオン太郎のブランチは、そう言って笑った。

本書は、書き下ろし作品です。

新・航空宇宙軍史

コロンビア・ゼロ

谷 甲州

〔日本SF大賞受賞作〕外惑星連合が航空宇宙軍に降伏した第一次外惑星動乱から四十年。タイタン、ガニメデ、木星大気圏など太陽系各地では、新たなる戦乱の予兆が胎動していた――。第二次外惑星動乱の開戦までを描く全七篇を収録した、宇宙ハードSFシリーズの金字塔、二十二年ぶりの最新作。解説／吉田隆一

ハヤカワ文庫

オービタル・クラウド（上・下）

藤井太洋

二〇二〇年、流れ星の発生を予測するウェブサイトを運営する木村和海は、イランが打ち上げたロケットブースターの二段目〈サフィール３〉が、大気圏内に落下することなく高度を上げていることに気づく。シェアオフィス仲間である天才的ＩＴエンジニア沼田明利の協力を得て〈サフィール３〉のデータを解析する和海は、世界を揺るがすスペーステロ計画に巻き込まれる。日本ＳＦ大賞受賞作。

象《かたど》られた力

飛 浩隆

謎の消失を遂げた惑星〝百合洋〟。イコノグラファーのクドウ圓《ヒトミ》はその言語体系に秘められた〝見えない図形〟の解明を依頼される。だがそれは、世界認識を介した恐るべき災厄の先触れにすぎなかった……異星社会を舞台に〝かたち〟と〝ちから〟の相克を描いた表題作、双子の天才ピアニストをめぐる生と死の二重奏の物語「デュオ」など全四篇の傑作集。第二十六回日本SF大賞受賞作

華竜の宮（上・下）

上田早夕里

海底隆起で多くの陸地が水没した25世紀。陸上民はわずかな土地と海上都市で高度な情報社会を維持し、海上民は〈魚舟〉と呼ばれる生物船を駆り生活していた。青澄誠司は日本の外交官としてさまざまな組織と共存するために交渉を重ねてきたが、この星が近い将来再度もたらす過酷な試練は、彼の理念とあらゆる生命の運命を根底から脅かす——。第32回日本ＳＦ大賞受賞作。

解説／渡邊利道

ハヤカワ文庫

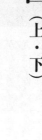

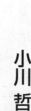

ゲームの王国（上・下）

小川 哲

〈日本SF大賞・山本周五郎賞受賞作〉

ポル・ポトの隠し子とされるソリヤ、貧村に生まれた天賦の智性を持つムイタック。運命と偶然に導かれたふたりは、一九七五年のカンボジア、バタンバンで出会った。テロル、虐殺、不条理を主題とした規格外のSF巨篇。解説／橋本輝幸

錬金術師の密室

紺野天龍

アスタルト王国の錬金術師テレサと青年軍人エミリアは、稀代の錬金術師フェルディナント三世が実現した不老不死の公開式に赴いた。だが式前夜、三世の死体が三重密室で発見され、テレサらに容疑がかかる。処刑までの期限が迫る中、二人は事件の謎を解き明かせるか？　鮮烈な論理が冴えるファンタジー×ミステリ

ハヤカワ文庫

著者略歴　1962年生，作家　著書『ウロボロスの波動』『ストリンガーの沈黙』『ファントマは哭く』『記憶汚染』『進化の設計者』『星系出雲の兵站』『大日本帝国の銀河１』（以上早川書房刊）他多数

HM=Hayakawa Mystery
SF=Science Fiction
JA=Japanese Author
NV=Novel
NF=Nonfiction
FT=Fantasy

大日本帝国《だいにほんていこく》の銀河《ぎんが》４

〈JA1504〉

二〇二一年十月二十日　印刷
二〇二一年十月二十五日　発行
（定価はカバーに表示してあります）

著者　林《はやし》　譲《じょう》　治《じ》
発行者　早川　浩
印刷者　西村文孝
発行所　株式会社　早川書房

郵便番号　一〇一 - 〇〇四六
東京都千代田区神田多町二ノ二
電話　〇三 - 三二五二 - 三一一一
振替　〇〇一六〇 - 三 - 四七七九九
https://www.hayakawa-online.co.jp

乱丁・落丁本は小社制作部宛お送り下さい。
送料小社負担にてお取りかえいたします。

印刷・精文堂印刷株式会社　製本・株式会社フォーネット社

ISBN978-4-15-031504-7 C0193

本書は活字が大きく読みやすい〈トールサイズ〉です。